最好的时光

ZUI HAO DE / SHIGUANG

翟颂 著

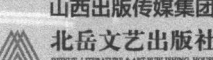

山西出版传媒集团
北岳文艺出版社

图书在版编目（CIP）数据

最好的时光 / 翟颂著. — 太原：北岳文艺出版社，2017.4 （2025.4重印）

ISBN 978−7−5378−5054−4

Ⅰ.①最… Ⅱ.①翟… Ⅲ.①散文集 −中国 −当代 Ⅳ.①I267

中国版本图书馆 CIP 数据核字（2017）第 001756 号

书名：最好的时光	策　划：商爱欣	责任编辑：李向丽
著者：翟　颂	书籍设计：琦　琦	印装监制：巩　璠

出版发行：山西出版传媒集团·北岳文艺出版社
地址：山西省太原市并州南路 57 号　邮编：030012
电话：0351−5628696（发行部）　0351−5628688（总编室）
　　　0351−5628695（编辑室）　传真：0351−5628680
网址：http://www.bywy.com　E − mail：bywycbs@163.com
印刷装订：三河市天润建兴印务有限公司

开本：660 毫米 ×960 毫米　1/16
字数：169 千字　印张：15.75
版次：2017 年 4 月第 1 版
印次：2025 年 4 月河北第 4 次印刷
书号：ISBN 978−7−5378−5054−4
定价：45.80 元

目　录

最好的时光

阳光进行时	/ 3
军训纪实	/ 12
尘曲	/ 27
听头皮在唱歌	/ 30
我的宠物	/ 34
烟雨苏州行	/ 37
故乡的"鼠节"	/ 43
五月的夏风	/ 45
周杰伦的幸福课堂	/ 49
更好的自己	/ 53
葡萄成熟时	/ 56
最好的时光	/ 59
等风来	/ 61

红豆

说谎	/67
红豆	/76
阮郎不归	/83
谢谢你的爱情	/88
你说，你是我的什么颜	/93
我想给你讲讲石塘街的故事	/103
闰年情事	/108
致我深爱的她深爱的那个男人	/114
宋小姐	/120
夜阑KTV	/127
人来人往	/139

蘑菇不开花

那年，我读《萌芽》	/155
那年夏天	/159
2010：一个人成长	/162
有关十八岁	/164
十九岁	/171
二十二岁	/174
青春修炼手册	/176
陈凯歌与王家卫	/180

《二次曝光》：一场幻觉曝光的心灵伤痛	/ 185
《半生缘》：天涯那么长，别来可无恙	/ 188
《客途秋恨》：凉风有信，秋月无边	/ 191
与书同行	/ 195
从容一生	/ 198
落叶归根	/ 202
追着阳光前行	/ 204
最绚丽的鸢尾花	/ 207
激情奥运	/ 209
渴望年轻	/ 212
处处风景处处花	/ 215
辗转流年，目光温暖	/ 217
匍匐与屹立	/ 220
人为刀俎，我不甘为鱼肉	/ 222
平分不一定是最好的方案	/ 224
蘑菇不开花	/ 226
旅行的意义	/ 228
美丽的能力	/ 230
爱情	/ 232
年轻	/ 234
日出	/ 236
《雾都孤儿》观后	/ 237
绿蘑菇和红蘑菇的故事	/ 239

最好的时光

阳光进行时

写在开始前

我总是重复着这句话："这是我一直以来的梦想。"这个梦想，起始于什么时候、什么地点，无从追溯，然而它根深蒂固于我心中是确定无疑的。高考之前我就心心念念着去山区支教，时隔两年，终于有了机会向我这愿望踏出一步。

自从看了《山楂树之恋》之后，便爱上了眼睛弯弯的女孩，笑的时候眼睛弯弯的，像两道甜蜜的音符。这个活动的负责人芳琼就是这样一个女孩。她坐在我对面的时候，我就盯着这双弯弯的眼睛，充满了一心的欢喜。教二年级的手工课是我始料未及的安排。搭档的姑娘适时地开着玩笑，不能穿裙子啊，小朋友会掀女老师裙子的。

很多人都是有过志愿者经历的"前辈"了。他们被哄嚷着交流经验教训：有的小朋友在课堂公然"打架斗殴"，有的小朋友争先恐后抢老师手里的糖果，有的小朋友送了老师满满一大堆的礼物……我在一旁听着，心里充满向往，也有些恐惧。我期待着这样一次经历，也害怕自己不能面对未知的挑战。

我在想，当我小的时候，我都在想些什么，在憧憬些什么、渴望些什么。想来想去，结论是：我都忘记了。记得我小时候跟爸爸妈妈赌气的时候，总会在心里恨恨地想，等我长大了，等我有了孩子，我一定不会这么做，我会怎样怎样。而今我长大了，当我有机会面对像当初的自己一样的孩子时，我却忘了该"怎样怎样"了。我无法揣测他们想要什么，更无法预料我能给的是不是他们想要的惊喜。于是，在某一刻，也释怀了当年心中郁郁的怨愤。这世界有很多种爱，可能他爱了，但你从未察觉。总有人以你知道或者不知道、理解或者不理解的方式给予着你幸福。

我在想，当我很小的时候，有没有期待过一个年纪大一些的女孩突然闯进我的生活，教我一节课，给我讲一个故事，送我一粒糖果，给我一个拥抱。如果有过，那么她应该是什么样子的呢？长长的头发、大大的眼睛，笑的时候甜甜的酒窝，穿白色的长裙，风一吹，像个天使。然而，裙子是着实不能穿的，因为，"二年级的小朋友会掀女老师的裙子"。

目的地是农民工子弟小学。我一直在幻想，他们都是什么样子。想来想去头脑中只能出现一双大大的眼睛，天真无邪的笑容，一支晃动的铅笔。他们都与我们当年一样，天真烂漫，纯净而美好。这世界总是编织着一张张密不可测的网，让本来永无交集的人不小心便能相遇。很多时候一场相遇并不能改变什么，但一个笑脸却足以温暖一个人很长的一段岁月。

我一直记得那个盒子的故事。据说，每个人的童年都有一个盒子，如果这个盒子在童年的时候装满了阳光和爱，那么这个孩子长大以后便能真诚自信地爱自己和这个世界。我们都曾经有过满满一盒子的阳光，他们，也该有的。

进行时

坐上出租车的时候，心里满是忐忑和欣喜。车子从大学校园的南门出发，向着城市的更边缘前进。车子行的路越来越窄，也越来越难走，路边的景色也渐渐由林立的高楼变成了低矮的民房，一起一伏的公路带着我们一行人的心一起一伏。

到达我们要上课的学校时正是孩子们下午第一节课前，校长把我们带进一间空教室。校长是个和蔼而慈祥的老先生，个头不高但总是笑呵呵的。我们学校的"四点钟"支教活动和他们学校合作过很多次了，很多同学都和校长是熟识了。坐在小学的教室里，看着板报上"少年先锋队"的红字，像是突然回到小时候的时光，端端正正地坐在椅子上，看着黑板，盯着黑板上的粉笔字，脑子里飞快地运转着更有趣的内容，只是今日再想举起右手回答问题时，才发现这小桌椅的高度早已不适合我们这样大的年龄。

到校早的孩子大多都在教室安安静静地上自习，只有年纪比较小的孩子在外面蹦跳着追逐着打闹，有一些趴在我们教室的窗外朝里面看，胆子再大就直接进屋来问："你们是来给我们上课的老师吗？"我好久没有看到过那么多双童稚而真诚的眼睛，他们齐刷刷地看着我们，像是在期待着一个美好的梦，他们不断地打听我们谁教几年级、教哪个班，又告诉我们他的教室在哪里。我们这样一群陌生的人，在他们眼里像是一个个未知而奇特的秘密，他们亲近我们，并且急切地想得到我们的注意。

小学的院子不大，这一小片平坦的土地的另一边就是茫茫的庄稼地，之间没有界线。小学的厕所在一楼后面的角落，走进去我有隐隐的担忧。厕所没拐一个弯就进来了，遮没拦，站直身便不能遮住人，而且左右通风。

二年级的教室在二楼，走到一楼楼梯口的时候便有几个小男生一直问我们："你们是教几年级啊？"当听到我说教二年级的时候，他们开心地嚷起来："我就是二年级！我就是二年级！"然后高兴地带着我们上去。走上二楼的时候，一个小姑娘递给我们一朵纸折的百合花。她长得很清秀，说话声音很轻，告诉我们上次来的大姐姐教他们折过百合花，又说这朵百合花是送给我们的礼物。进班的时候已经打过上课铃，但班里鸣隆隆的一片混乱，大家都玩得不亦乐乎，而搭档的女孩刚把我们带去的手工材料和准备的奖品放到桌子上，身边就围了一圈同学。他们都好奇地问袋子里装的是什么，可不可以拿出来看看，可不可以先给他们一些玩。搭档招架不住了就连忙喊我，而我当时正在为一起打斗案断案。被打的男孩圆脸尖下巴，叫小力；打人的男孩白白净净的，眼睛大大的，叫小腾。小力哭哭啼啼地回到座位上，向我打报告说小腾打他；小腾不仅不道歉，而且态度还非常坚决。就这样，我们两个人一进门就被这一群小孩子给了个下马威。这时他们的班主任走进来，一声令下："都回到座位上！"才帮我们解了围。老师对我们笑笑，说这个班的孩子特别调皮活跃。

我们的手工课的内容是做玫瑰花。花瓣是我跟搭档提前做好的，每个花瓣上都贴好了双面胶，同学们只要每个人用纸做好一个花茎，再把花瓣粘到花茎上就大功告成了。一开始班上乱糟糟的，于是我们说："请同学们遵守纪律，现在先给同学们每人发一块糖，其余的奖品发给表现好的同学。"这一招果然让课堂秩序好了很多，却没想到发糖的过程中又出现问题了。小腾跟我说小力已经拿过糖了，他把之前的糖藏起来又来向我要。两个男孩又较上了劲，小力坚持说自己没有多拿糖，小腾愤愤地冲着小力说："你撒谎！"我记不清楚到底给没给过小力，便给了小力一块糖，又对他说："撒谎不是好学生！"

教孩子们做玫瑰花的过程真是让我和搭档忙得转不过来。本来以为很简单就能卷个花茎，没想到孩子们操作起来却并不简单。有的同学把花茎卷得特别粗，有的同学根本就卷不成柱状。我们一个一个给大家检查，给做不好的搭把手，做得好的就给一句赞扬。小力和小腾的动手能力都很强，只是小力是没等我们讲述清楚就开始动手制作，他把纸胡乱地卷成柱子，以至于效果极差；而小腾听我们讲完制作的要领之后才动手，他做得又快又好。小姑娘们最希望得到老师的表扬，她们刚一做好就急忙高高地举着自己的作品大声地喊："老师我做好了！老师你快过来看啊！"眼神里充满了成功的喜悦。而刚才给我们送百合花的那个小女孩总是默默地不出声，做好了就把花茎摆在桌子上，等我眼睛看到她的时候，她就冲我笑笑，仿佛是告诉我："我做好了！"

粘花瓣的过程也是充满"坎坷"的。很多同学没等我们说完要领，就迫不及待地撕开双面胶，把花瓣粘到刚刚做好的花茎上，于是花瓣粘得七扭八歪七零八落，其中最典型的代表就是小力。而有些同学前一步的花茎做得不够成功，粘好的花瓣也随着没弄紧的花茎散落开来，百合花成了大风车。但还是有些同学把玫瑰花做得非常漂亮，比如小腾，比如角落里那个不爱说话的文静的小姑娘。最终大家在互相帮助中每个人都做成了一朵玫瑰花。

在玫瑰花的制作过程中每个孩子都努力了，我们不失时机地给以鼓励表扬，我们想让每个孩子都能享受到成功的快乐。而本来答应大家把奖品发给做手工最棒的同学的我和搭档，这时却不知该怎样评判孰优孰劣。于是我们决定用做游戏的方式来发出奖品。

我们的游戏很简单，老师在教室里走一圈，走到一个同学跟前说一个数字，这个同学只要用手指表示出一个跟所听到的不同的数字就算过关。同学们都很机灵，但我和搭档轮流命题，一圈一圈下来，速度一快便也有同学渐渐地被刷下阵来。小力是个滑头的孩子，他做错了之后会很快地改正过来。而小腾是个眼里揉不进沙子的孩子，他看见了便会指出来说："老师，他刚才手指变了。"面对这样的情形，我也不知道到底该怎么决断，于是我对小力说下不为例，但小力下次还是这样。一轮一轮之后剩下的人越来越少，小腾和小力也都败下阵来。当我问游戏还剩几个人时，那个文静小姑娘举起了右手，身旁的一个小女生指着她说："她刚才手指举错了。"旁边的几个女孩也跟着附和："是是是，她刚才错了。"小女孩依旧文静地不说话，只是看着我，我又问旁边的女孩："她刚才错了吗？"女孩狡黠地一笑："我猜的。"游戏进行到最后，剩下的最后一个人就是那个文静的小女孩。我们让她先去讲台上挑奖品，她挑了一个本子，之后同学们陆续挑走了圆珠笔、套尺、橡皮。我们本来以为会很抢手的娃娃和笑脸别针竟被冷落一旁无人问津。到小腾和小力挑选的时候，只剩下笑脸和娃娃。小力说："我不要这个，我要本子。"小腾说："我想要支铅芯笔。"我问小腾："圆珠笔你喜不喜欢？"他说喜欢。我那时特别后悔没把本来准备好的那支圆珠笔带上，我以为他们都不会喜欢。最后，小腾说："老师我不要笔了，我要个笑脸就好了。"而小力却骄傲地不要他不喜欢的东西，最后他什么都没拿。

最后的时候，袋子里还剩一些糖。大家便把我和搭档围在一起，一个个伸出小手找我们要糖。小腾尽力地维护秩序说："别挤别挤！"而小力却是拿完一把又一把，他总是能挤到最前面。大家挤得越来越紧，把我和搭档几乎挤到了墙角，我对手伸在最前面的小力说："你不是拿过了吗？不要再拿了，给别人留一点。"小力一扬头两眼狡猾地一睐："那，那我不要了。"就挤出了队伍。

下课了，同学们送我们走出教室，那个文静的小姑娘又跑出来追上我们，把她做好的玫瑰花递给我们。我说："你为什么要给我们啊？你留着吧。"她执意举着那朵玫瑰花，我们赶紧弯下腰双手接过充满小姑娘心意的玫瑰花。小姑娘转身跑回了教室，再也没回头看我们。要走了，我冲小力笑笑，他却像还是在为刚才的事生气，扬着头不肯理我。我们快要走下楼梯的时候，他突然喊了一句："老师，再见！"那一刻我觉得心里突然涌起一股暖流。小腾这时却一句话也没说。我走到楼下的时候，看见他在楼梯上趴着，伸长脖子使劲向这边看，我冲他笑笑，他也冲我笑笑。我忽然发现他眼里似乎闪着泪花，我觉得这是我们今天遇见的最美好的男孩子。

后 记

上课出来之后，校长带我们去看了太湖。小学就在太湖旁，走了一段土路，穿过一片花草丛，就来到了太湖边上。湖风吹来，湿润而惬意。远望太湖的另一边，墨色的山峦起起伏伏像是画中的勾勒；眼前道旁菜花开得金黄。

我一直记得小腾说他想要一支铅芯笔。在走进那个教室之前，我以为他们是一群亟待我们关怀的可怜的孩子；走进那间教室之后，我知道他们是一群与我们一样的孩子，他们一样爱疯爱玩爱闹，骄傲倔强正直诚恳。但当他们说出一个个小小的愿望的时候，我知道他们与我们又不一样，他们缺少的不是我们以为的娱乐和攀比，他们缺少的是我们早已习惯甚至忽略了的最基本的东西，他们需要笔，需要纸，需要更好的学习环境。

最初我是想带给他们温暖和快乐的，到最后我才知道，其实这个过程里被感动的是我。他们身上有着最质朴的纯真和浪漫、最真实的正直和诚恳，他们聪明，他们可爱，他们在向这个世界索取，也在向这个世界奉献。他们需要的是这个世界丰富的物质，而他们填补的是这个世界日益缺乏的真诚和纯真。我后来时常想起那个下午，那里有阳光，有童年，有梦。

军训纪实

序

期末考试最后一场结束之后，兴冲冲地杀向水果店，抱出一个大西瓜回宿舍，啃完西瓜之后心满意足地抹抹嘴，然后倒在床上睡一大觉：这是早就筹划好了的情节，为的是在考试和军训这两个恐怖事件之中夹杂进一些些甜蜜的回忆。

接下来的几天，除了冲着各位神仙姐姐、佛爷哥哥祈祷刚刚过去的期末考试没挂科之外，便是窝在宿舍半喜半忧地憧憬着必将有喜有忧的军训生活。

江南大学的军训安排在大一的学习生活结束后的两个星期里。虽然六月的天气已经热得不成样子，但比起每年九月刚开学的那一段时间，在六月末七月初军训还是可以降低一些晕倒率的。

收到军训作息时间表的时候的确有点悲喜交加的感觉。每天晨、早、中、晚四次训练，从早上五点半开始到晚上八点半结束。这喜的是终于将要经历一场历时半个月的充满神秘色彩的军训，也是人生的最后一场军训，意义极其深重；悲的是作息时间表上白纸黑字写得很清楚：五点半集合。五点半集合意味着五点就得从床上爬起来，这对于一个习惯了八点上课的同志来讲是一个多么大的挑战啊。

军装发下来的时候又着实让我激动了一下。绿色的迷彩服，绿色的帽子，绿色的胶鞋，校园刮起了军营绿色风。拿到衣服的同学们都很兴奋，都赶紧穿到身上跑去照镜子。只是衣服普遍尺码过大，穿在身上肥肥大大松松垮垮的，照镜子完全找不到英姿飒爽的潇洒气度，大家都看着镜子里自己的样子忍不住哈哈大笑。

军训前一天大家秉承安乐赴死的大无畏精神去吃吃喝喝了一场，晚上躺在床上我们尽情幻想着美好的军训场景：帅哥教官带领我们在绿色草坪上讲故事；茫茫夜色中我们尽情地拉歌；天公作美下起大雨停训，我们躲在宿舍里"卧听风吹雨"；在大礼堂里欢乐地听军事汇报，看极具教育意义的红色电影……

我们把军训想象成了一部无比生动的电视剧。我们后来才知道，电视剧的情节永远只是充满浪漫主义色彩的幻想。

第一天

军训的第一个早上还算是善解人意，我们八点钟准时进入体育中心的操场来参加军训动员大会。各位没有意识到军训残酷现状的同志们还在打着遮阳伞、摇着小扇乐悠悠地左摇右摆，主席台上老师拿起话筒铁着脸一声吼："把你们的伞通通给我收起来！"整个操场都被震得颤了一下。这军训动员大会便在老师威严的震慑下拉开了帷幕。

　　校领导发言，院领导发言，老师发言，学生发言，一系列"饱含深情"的发言总让人觉得有那么些似曾相识的味道。毕竟大家都是读了十几年的书参加过无数次的大会的人，对于这耳熟能详的发言，大家礼貌性地鼓鼓掌算是安慰人家念了这么久的稿子。然而主持人宣布"教官入场"的时候，热情的掌声伴着哄闹声便从人群中涌动出来。带队来的参谋长在主席台上讲话的时候，不知道他有没有被全场热辣辣的目光给烧沸腾了。估计在场领导对这个男人一定充满了羡慕嫉妒，因为他们辛辛苦苦为我们策划各种活动，经营美丽的校园，付出了许多的心血，却从没得到过我们对这素昧平生的参谋长的一半的热情。会议结束的时候，学生们手掌都拍得有点红了，脸上却还残留着抑制不住的兴奋。

　　中午睡了一个小觉就奔到操场，正式开始了军训生涯。教官是个刚大学毕业的北方男孩，没有南方水乡养出的眉清目秀，但却有着北方的硬朗阳刚，真实而淳朴。他很开朗也很健谈，就像是校园里一位笑容爽朗的学长。

　　下午训练的开端还是有点小波折的，很多没进入状态的同学在集合时间到了之后还没有到达操场。于是营长便站在体育中心的大门口迎接他们的到来，不一会，门口便组成了一个迟到小班级。我们排也有两名同学站在那"光荣"的队伍里，她们迎着教官嘹亮的点名声，冲着我们稍稍尴尬地摆摆手。教官无可奈何地做个鬼脸，我们都忍不住笑了。待她俩归队之后，教官狡黠地一笑："为了杜绝迟到现象，以后都提前五分钟到场。"

军训的安排很有条理。每五十分钟左右就会有个吹哨子的教官站到操场中央吹哨宣布休息，每休息二十分钟左右吹哨子的教官就会吹哨子宣布开始训练。每个学院组成一个连，连下设立排；教官担任排长，其中一位排长兼任连长统筹整个学院的工作。每五六个连组成一个营，由一位营长负责发号施令，规划每天的训练计划。负责吹哨的教官是每个连的连长，每三天换一次，被我们亲切地称为"哨哥"。

我们排是一排，用教官话说一排就是尖刀排，是最棒的。我们就是一把把尖刀，一个个尖兵。

第一天的晚训开始之前我们还是充满着幻想的，比如坐在地上唱一晚上的军歌。但是，哨哥一声令下"开始训练！"我们所有关于晚训的童憬瞬间化作了泡影。但我们的确还是学了军歌的，休息时，哨哥下令让教官教军歌，我们无一不惊叹这时间利用得太充分了。教官教我们唱《送你一枚小弹壳》。教官的教学方法极其简单，他先唱一遍，带我们唱一遍，然后说一句"这首歌特别简单，你们都特别聪明，一唱就对了"。就是如此简单的"三步教学法"，居然效果特别好，我们自己唱着唱着就真唱成了。看着旁边各个排的排长都在一丝不苟地慢慢地教他的兵们唱军歌，我们唱着连贯的《送你一枚小弹壳》心里真有那么一丝成就感。

第一天晚上回宿舍可真是累得臭死。汗都不知把衣服湿了几次。洗完澡又张罗着洗军服，洗完军服挂在屋里又冲着各位神仙姐姐佛爷哥哥祈祷保佑衣服第二天早上能晾干。说起来军训期间的确有过一两次穿半湿的衣服参加早训的经历。

训练中

一个私下里大大咧咧的教官训练起来却是十分严格，而说到严格要求我们的原因时，他做了如下陈述："你们领导热情地为我们接风洗尘，你们学校给我们每顿饭都发补助，我不好好训练你们我对不起他们啊。"于是，我们这个知恩图报的教官便履行起他的职责，从稍息立正开始，到他极其重视和偏爱的军姿，他工作得一丝不苟，兢兢业业。我们就在那炎炎的烈日下进行着含金量特别足的训练。

当哨哥宣布"下面组织军姿训练"的时候，我们教官简直是乐开了花。他说："这十五天的军训，没有别的目标，就是给我把军姿站好就行了。"后来的情况证明我们的教官的确对军姿训练爱得热烈而深沉。每次军姿训练我们都是最严格的，不许动，不许笑，在训练时间上遵循"可以多站五分钟，但绝不少站一秒钟"的原则。每次哨哥下令"下面进行军姿训练"时，教官就会带着无比灿烂的笑容以最快的速度大喊一声："调整姿势！"我们就要以闪电般的速度开始站军姿。教官在旁边负责讲解军姿训练的好处："军姿一站，你们全部长高了五厘米。""好好利用这十五天的军姿训练，气质能提高一个档次。""你们都不要去花钱减肥了，每天在家对着镜子站一个小时的军姿一切就都解决了。"

他不停地变换着各种话题，来陪伴我们挨过难熬的时间。教官对训练中偷懒的同学的惩罚是很严厉的，那就是罚整个排延长五分钟的军姿训练。每次军姿训练结束之后，我们都会因为站得太投入而跟不上"一二一"的原地踏步口令，这时他就会十分得意地说："好，非常好，抬不起脚来说明站得好。"

走正步时，摆臂，踢腿，一个一个动作拆开来定型练习，之后又连贯地运用。只是我们走来走去却怎么也走不齐，甚至还闹出同手同脚的笑话。最后我们采取一排一排逐排过关的战略。每当哪一排走得排面歪歪扭扭或者有同学闹出什么笑话的时候，我们的教官就会扪帽檐往下压一压，经常是压着压着便看不见教官的半张脸了。

训练跑步的时候，更是让他无比心急，因为我们跑起来的脚步永远是哗啦哗啦的，松松散散。当我们累得要死的时候，教官硬是连蒙带骗地把我们的战斗力又激发了出来。我们从这头跑过来又从那头跑过去，边跑还边学着教官的语气说："啥也不说了，跑！"来来回回不下二十次，中间一点没休息，旁边的教官们看着我们这样疯狂的训练都忍不住笑，冲着我们教官喊："你这是带着他们减肥呢！"

雨

在江南的烈日照耀下，大家没两天就集体变成了黑人。当时在校园里仅凭肤色就能区分出哪个同志是大一的。被太阳晒惨了之后，大家就开始虔心求雨了。求来求去终于求来大雨，没想到我们接到的命令却是即刻到体育中心室内训练。当时那个心碎得啊，就跟饺子馅似的。六月末也正值江南的梅雨季节，那雨淅淅沥沥下着，偶尔停一会，然后就又接着下。我们就逃来逃去的，一会躲去室内，一会回到操场，衣服也是湿了又干，干了又湿。期间我们还有过打着雨伞站军姿的光辉事迹。军训十五天，我们没有一次因为天气原因而停止训练。

让我们兴奋不已的到专业打靶场的实弹射击，也是在柔美的小雨的陪伴下进行的。我们被安排成最后一批上车的队伍，所以我们在操场上等待出发就等了两个小时。天气遵循着下雨，停雨，再下雨，再停雨的节奏，我们的雨伞便也就随着节奏打开合上再打开再合上。教官在出发之前就很实在地告诉我们，所谓靶场越是专业就越是天然，并且条件艰苦。果不其然，从大巴车上下来，我们就开始了徒步上山的旅行。一条不宽敞的公路，还夹杂着些许的土路，被小雨浸润成沾鞋的泥巴。路的两旁是高高的土山，长满大树、野花，还有大片的茶园和竹子。我们兴高采烈地往上走，也有打靶归来的其他学院的英雄们迎着我们往下走。看着他们一身的泥浆，心里有点小发麻。当快要到达靶场的时候，又正好看见一个女生被背下山来，再听见越来越近的噼里啪啦的打枪声，心里扑通扑通跳得厉害。后来听见说那个女生是因为摔倒而被背下山的，心情才平复了许多。

靶场三面都是天然的绿油油的土山，地上也是纯天然的草地，从进入靶场到走到打靶的枪前，鞋底的厚度增加了得有五厘米。每把枪前都有一名教官协助我们打枪。走到枪前，按照指示趴下，端好已经上好膛的枪等待打枪命令。我尽量找准肩窝位置，把枪后座抵于肩窝，因为我害怕后座的冲力会把骨头震碎，然而开枪之后才知道教官会用力帮我托着枪，不让它伤害到我。五发子弹射出去一发都没有射到靶子上，只是那巨大的声响震得耳朵很久都有"嗡嗡嗡嗡"的回音。后来听说其中有位教官为了托紧枪把手都弄破了，同学说看着他的血流到她的枪上，心里很不好受。后来还听说有同学的子弹翻过山头射到居民家的窗玻璃上，当然这个只是传说。

教　官

教官是个特别能让大家快乐的家伙，很能调动气氛，也很爱热闹。他说："人就应该爱表现自己，应该抓紧机会表现自己。"所以每次抽签拉练表演时，大家都会求神拜佛千万不要抽到我们，而他却会万分激动地说一定要抽到我们，不抽到我们他去申请也要上场。最有趣的一次是抽签没有抽到我们，他说气得他连饭都吃不下去，然后非常平静地说他只吃了十五个小面包。

第一天军训休息时间，他跟我们说，他们被严厉警告过一定不能跟女学生有肌肤接触，更不能谈恋爱。他还特别气愤地说："来训一次你们简直是亏大发了，以后半年都不能再出来了，怕我们跟你们恋爱。"大约也是因为来前受到的命令太严厉，所有的教官在处理与女同学的关系上都显得格外小心翼翼，纠正动作时都是采取"远程遥控"的方法。有一次休息时间，一位女同学跳起火辣的街舞，舞步一步步逼近坐在地上休息的教官时，我们都起哄要他一起跳，可他却吓得站起身来往后跑："这可不行，这可不行啊！"

休息时间的时候，教官跟我们谈起大学生恋爱问题，他语重心长地说："女孩子啊，千万不要爱得太深付出太多，否则毕业的时候得哭死啊。"而谈到他的恋爱史，他洋洋得意地吹牛说："我虽然长得不帅，但从来不被甩，都是我甩别人。"

教官是个特别实在的家伙，最能证明他这个特点的就是一句话："女生千万不要有小肚子，太难看了。"多么真诚的话语啊！

我们这个活跃的教官除了赢得我们整个排的喜爱之外，也被其他排的同学们送了个雅号叫"喜庆哥"。大概是因为他总是逗我们笑，并且自己也老是呵呵傻笑的原因吧。"喜庆哥"是当兵不到一年的新兵，所以在教官中算是地位比较低的，但是他总是乐呵呵的，不管别人对他什么态度，他都乐观极了。

我们连其他的教官都是一年以上的老兵了，但是都很年轻。比如很安静的"根哥"，虽然他话很少，但是他以特有的淡定气质秒杀全场。听说他刚入伍的时候因为年龄小怕受欺负就说自己是1988年出生的，而实际上他是1993年出生的小同学。

出生于1992年的"思想家"教官，以他的哲理教育著称。他说组织上派他们来就是因为他们思想觉悟高。他经常教育同学们做人要有信念，要有纪律原则，等等。而他最为著名的一句哲理是:"别看你们现在穿着军装看不出来,其实很多人的腿都有那么粗。"当然,他说这句话的初衷是想鼓励他排里的同学们好好训练,而不是激起大家义愤填膺的小火苗。

"小可爱"教官是1991年出生的同志,以一张可爱清秀的脸庞征服所有人,尤其是他经常绽放的羞涩的笑容更是让他的可爱形象深入人心。他和我们的"喜庆哥"在教学方式上形成鲜明的对比,他采取无为而治的"放养型"教学,经常说的话就是"这样就行了,不错嘛"。再配上他招牌式的含蓄的傻笑,简直就像是来带同学们逛公园的大哥哥。然而让人不得不称赞的是,无为而治的训练效果一点也不差。

当然还有我们的连长——极具儒雅气质的"小马哥"。他说话温柔极了,长相也很书生气。虽然他一直坚持说他是北方汉子,但跟我们"喜庆哥"这样的北方汉子相比,他的确很像冒牌货。当我们被我们的"喜庆哥"带着在操场上奔来跑去的时候,江南的小风总会很配合地把我们绿油油的军帽刮得满操场飞舞,这时我们温婉的"小马哥"就会优雅地帮我们捡起地上的帽子们,带着微笑把它们交还喜庆哥的手中,那场面十分温馨动人。

再说我们那些可敬可爱可怜可恨的"哨哥"们,他们的确是替营长挨广大民众念叨以及抱怨最多的一个团体。因为哨哥吹不吹哨、啥时候吹哨都听令于营长的指挥,然而大家呼喊的永远是"哨哥,你怎么还不吹哨啊!""哨哥,你到底吹不吹哨啊!""哨哥,你掉厕所里了吗?快出来吹哨啊!"尤其是其中一个白白胖胖的哨哥轮岗时正值我们军姿训练到达关键时期，每次都要站五十分钟以上，每当大家站到死去活来的时刻，能够用来发泄的便是"哨哥，您怎么还不吹哨啊！""哨哥，您又掉厕所里出不来了呀！"因此，他也成为"掉厕所里"次数最多的一位哨哥。而且加上他又有拖延解散时间、整死人不偿命的种种恶习，人群中终于爆发出一声脆生生的呼喊：打倒白胖子！话说这位教官也着实厉害，在全体教官同学都黑到闪闪发光、瘦成一道闪电的同时，他还能保持着白皙的肤色浑圆的身材，也确实是军训时期的一大谜团。

教官们的行动有着极其严格的纪律性和规范性，不管任何时候，他们永远都是整整齐齐的一个绿色的方阵，精神而且英气。每天训练完我们之后，他们还会有沿着校园跑步的项目。听说我们要去给他们加油，一向以爱表现自诩的"喜庆哥"也害羞起来："你们别去你们别去，你们去了我就跑不好了。"他们晚上住在学生公寓，跟我们一起接受江南蚊子最热烈的礼遇，于是乎，教官宿舍里传出这样一幅对子：白天为江大学子，晚上喂江大蚊子。

拆队伍事件

当军训进行过半之后，各个连也开始着手准备汇报演出了。我们连的五个排要组成两个大方阵来进行汇报演出。五个排要编成两个方阵，意味着有一个排会被拆掉。"喜庆哥"还是带着他那招牌式的憨笑对我们说:"放心吧,肯定是拆我们。"转而他又带着他训练时的严肃对我们说:"但是你们要知道,拆我们不代表我们不优秀。尖刀们,你们是最棒的!"看着教官肩上的一道杠,其实我们心里也知道拆我们是最有可能的。然而大家还是满心的愤懑:"凭什么拆我们?""太不公平了!"喜庆哥还是带着笑容说着他经常跟我们讲的话:"永远不要抱怨。抱怨是最没出息的。""教官,我们拆不开啊。我们是一块板怎么拆得开啊?"有同学提起我们尖刀排的这句口号。"我们是一块拆不开的板"源自于训练齐步走时教官的教育。我们整整齐齐的排面从这头走到那头再看时,就已经乱得不成样子了,于是他就激励我们说:"你们是一个集体,是一块板,无论走到哪里都跟最初时一样,永远拆不开。"而那时我们跟教官很和谐地互动着说:"我们是一块——""板!""我们拆——""不开!"而此时此刻,我们队伍中自问自答地表演起这一段口号:"我们是一块——板!我们拆——不开!"那个时候的气氛很煽情。

然而事情总是一波三折。所以当"思想家"教官的排被拆掉时,我们都有些小吃惊。"思想家"教官就那样默默地蹲在我们两个方阵的边上,一句话也不说。

当两个方阵刚刚重整好队伍,领导的新决定又来了:我们连的方阵重排。于是我们伟大的"尖刀排"还没来得及反应就被拆成两部分分到两个方阵中。我们很多人都含着眼泪,而我们喜庆哥就站在一边,略带僵硬地笑着。从始至终他都笑着,什么话也不说。

后来,他还是像原来一样满脸是笑,积极地在两个方阵之间来回地帮助其他四个教官训练。但是在休息的间隙，我能看见他脸上掩饰不住的失落。尽管我们都做好了准备失去，然而失去的时候，真的会疼。

我们的"喜庆哥"是个闲不住的人。他主动要求担负起照顾病号的重任，他在阴凉处对病号们进行着深刻的思想精神洗涤，看样子还要带他们训练。然而当领导以保护病号为由下达命令要求遣散他的病号排时，他仰天长啸："我刚组建成的新尖刀排啊！"在一旁的我们听得心里很难受。

那天晚训的休息时间，哨哥命令各个方阵组织活动。"喜庆哥"在旁边的方阵里，跟那群同学玩得很好，因此我们方阵里原一排的同学心情都有那么点说不出的感受。我们方阵的氛围很冷清，大家都在偷偷瞄着旁边方阵的表演。"喜庆哥"被他们起哄着唱歌，唱的是《爱很简单》。夜很黑，黑得我们看不清他到底在哪个方位，看不到他到底是怎样的表情，只是能看见旁边队伍中被当作荧光棒挥舞着的手机随着节奏划过夜空一道一道地闪耀。"I——love——you，永远都不放弃这爱你的权利——"大家为他唱着和声，听起来温暖极了。我一直抠着指甲，看着对面，听着他们温暖的歌。听说，那天被"喜庆哥"留在这边的娃娃们很多都哭了。

到最后汇报演出的时候每个方阵都要进行一定数量的裁员。我们排排站着等待被挑走的时候，喜庆哥从我身边走过，看看我笑笑，然后说"下颌微收"。我试着把头稍稍低下，然后他说："这就对了嘛，精神多了，真的。"然后我也冲他笑笑，尽量笑得很漂亮。

再见，再也不见

我很荣幸地参加了最后的汇报演出。演出结束是上午的十点钟左右，军训最后的一章是参谋长的总结发言。而我们的教官在参谋长发言开始之前就被组织到主席台前集合，然后跑步出了体育中心。我们看着他们离去完全没有心情听参谋长的发言了，甚至有激动的同学冲出队伍跟着他们跑出了体育中心。参谋长笑笑说："他们现在先回去，下午组织他们和大家一起照相。"后来，参谋长的这句话被评为整个军训最大的谎言。

当主席台上的领导宣布军训圆满结束的时候，台下一片沸腾。大家疯跑着，尖叫着，甚至有的队伍把某个同学举起来抛向天空。再看操场上，满地是绿油油的帽子。大家像是毕业了一样尽情地挥洒着帽子，洒了一地的绿色。我带着无比愉悦的心情哼着小曲从操场一路晃回宿舍，心里像有一群小鸟轰地飞起来又忽地落下去。

回到宿舍没多久就探听到教官要离开的消息了，他们吃过午饭之后就会登车离开了。于是，教官们的宿舍楼前聚满了人，然而教官们却只能站在楼上看着楼下的我们。他们站在窗口，冲我们微笑，招手。然后，一起抹眼泪。那是一群跟我们同龄的孩子，他们也邂逅了这样十五天的难忘经历，遇见我们，一起为了同一个目标而努力奋斗。人生总有那么多没有规划过的人物闯入你的生活，然后又离开。我们都知道，这一辈子很可能都不会再相见。我们永远笑着的"喜庆哥",帮我们捡帽子的"小马哥",笑容腼腆的"小可爱",哲理一箩筐的"思想家",还有一声不吭到最后却哭得像个孩子的"阿根哥",谢谢你们曾经带给这个操场不一样的气息,谢谢你们,曾经来过。

  离开的时间到了。他们从宿舍里跑出来,站成整齐的队伍,跑上大巴车。夹道是等待他们很久的人群,车窗外是呼喊他们名字的声音。我看见车窗上有他们带着眼泪最明媚的笑脸,他们用手势告诉我们不哭,要加油!他们把我们送的照片贴在车窗的玻璃上:有他们奔跑时飒爽的英姿,有我们训练时整齐的步伐,有他休息时的傻笑,有他整你时的恶搞。一个个场景在车窗玻璃上盛开成绚烂的花朵,那是我们一段最美最好的记忆。

尘 曲

我大一的时候七堇年到学校签售《尘曲》，我所在的社团负责策划和接待。我当时是很激动的，倒不是因为我对这个少女有什么过多的情感，我也并没有提前读过她的作品，只是因为，我男朋友喜欢她。

第一次听说七堇年是因为当年是郭敬明的脑残粉。当初看见一篇报道，题目貌似是"郭敬明力挺新人七堇年"云云，只记得当初两个人站在一起很温馨，互相给对方说好话，不是恭维做作，就是很真诚很实在地说对方其实很好，有点为彼此正名的正义感。签售会现场提到离开柯艾这件事时，她说她依旧很感激小四的伯乐之恩，但她七年来的付出也足以让她安心地离开。

有人说，人生一定要有一次爱一个人爱到忘了自己，不计得失，甚至不求他爱你。我觉得这样未免有些自虐。但我懂得说这句话的人的意思：人生一定要有过一段轰轰烈烈年少轻狂的日子。我希望每一对彼此喜欢的人都能一起走到白头，但如果真的有一天有人要离开，我希望他们能像七堇年和"柯艾"那样好好分手,安心地放手,安心地离开。曾经的日子是幸福的,是互不相欠的就够了。那段时间喜欢听 Sarah 和前夫 March 合唱的 *Just One Last Dance*,看见两个曾经相爱却最终分道扬镳的人依然像当年一般默契幸福,觉得这也算种缺憾的完美。一段感情最完美的结束方式大概就是离开时无恨并且安心。

我虽然是签售会现场的工作人员,但买书仍然是排着长长的队去的。买书的人特别多,不知道是不是真的有这么多七堇年的书粉,但我应该算是诚恳的。我男朋友当年是真心喜欢这样美丽的文艺女青年,我排队买到的这本签名版《尘曲》大约也在他心里给我暗暗地加了个分。

每个人谈起自己,都会讲到幸运与不幸。小七说她一路走来是幸运的。但她也明显对我们学校了解得不够充分,她说,八千亩的校园确实大啊。校园确实大,但也确实没有八千亩。她带着文艺女青年特有的亲和和孤傲,她对主持人喋喋不休的大段台词表示微微地抗议,然后说,问问大家有什么问题吧。签售会现场还准备了七堇年文章选读,几个同学站在舞台上朗诵七堇年书里的句子。我不禁想起了我曾经也被选中在诗人来学校做客的时候站在舞台上念他的诗,现在回忆起来,觉得画面还挺傻挺好笑的。

我当时手机像素很差,拍不到清晰的七堇年,于是搭讪了一个扛着单反的少年,把邮箱给了他,让他回头把照片也发我一份。我把小七的照片传上空间,收到了来自男同学们一致的夸奖和赞扬。除了我男朋友,我最好的男生朋友也在空间留言说:真漂亮。那感觉如今想起来就像是自己种出了一个水灵灵的萝卜,别人挖走了萝卜,却没给种菜的你一分钱。从我有限的审美水平来看,我觉得她长相一般,音色也一般,但气质淡然平和,让人欢喜。

她说离开柜艾后,走了很多地方,见了很多人,经历了很多事情,然后变得朴素、真实,拥有了一份心灵的踏实。我那时候也希望有一天能拿部相机背个包一个人去走很多地方,我想去看漫山遍野的蒲公英,看绵延不断的薰衣草,然后在有很多很多风车的地方随风奔跑。一个人走着看着想着,心里会满满的,不一定是幸福,但一定是满满的。

这本《尘曲》我当时大约是看完了的,因为女生对于男朋友喜欢的女生总有一种特殊的强烈的探知欲。现在大家都长大了,我男朋友大约也不喜欢她了吧,但是我一直记得那次签售会宣传海报上的句子,来自海子的诗:最朴素的生活,最遥远的梦想。

听头皮在唱歌

　　我在高三那年得了失眠,从此便再也没治好。失眠是绝症,治不好,反反复复,时好时坏。在最开始的时候,我特别把这病放在心上,失眠的时候总是焦躁不安,甚至急了还能哭湿枕头。后来我就慢慢习惯了,甚至有时把这当成一种馈赠。夜深人静的时候,心里是澄明的,思想也是干净的,失眠的时候我总能让自己从白天那浮躁而拥挤的生活中脱离出来,能想清楚很多事情,做出很多决定。

　　听说没心没肺的人才能沾枕头就睡。失眠的人说到底其实是小心眼,说好听些叫放不开。今天看见一个朋友把签名改成了"小杯易满,小量易怒",失眠便是这小量引起的。能引起我失眠的原因有很多,开心了失眠,难过了失眠,激动了失眠,委屈了也失眠。这失眠就像是我的密友,每到夜深人静的时候便出来与我谈谈心。

　　我总是喜欢说起我第一次失眠的经历。三年前的一次午休时看了一篇意识流小说,于是就再也不能与失眠分离。而一次次的失眠感受就像是一次又一次的拉锯战，艰难而持久。每当周围传来或轻微或沉重的鼾声时，我总会拼了命地想让自己也赶紧进入到睡眠中，但往往是头和眼睛都疼得不行，思维却无比清醒，我的膝盖在失眠时也总是格外疼。就在这种身体和精神的双重折磨下，我经常咬着被子哭，蒙着被子哭，或者用指甲狠狠掐自己的手。晚上的身体对于疼痛并不那么敏感，偶尔醒了还能看见自己昨夜掐出的紫色伤痕。

失眠是种病，在失眠时不自虐是一种能力。从某天开始，我开始听头皮唱歌。我不知道不失眠的人有没有这种感觉，头躺在枕头上，然后头皮里有一根弦就拼命地唱起歌来。它扑扑地跳动，不停地跳动，时快时慢。你越是紧张它跳得越快，你越是想摆脱它，它就越是拼命地表演。你向左侧着躺，它就在你左脑袋上唱；你向右侧着躺，它就在你右脑袋上唱；你平着躺，它就在你后脑勺上张牙舞爪地弹跳，嘣嘣嘣，嘣嘣嘣。头皮一开始舞蹈，这夜便注定要失眠了。后来我就跟着这节奏开始舞蹈了。它嘣嘣嘣地跳着，我也就嘣嘣嘣地在心里跟着它舞动；它一直这样下去，我也就一直跟着它跳舞。这时候我总是有种胜利感，最大的胜利不是战胜它，而是根本不抵抗它，反倒与它一同舞蹈，比它更享受地享受折磨。嘣嘣嘣，嘣嘣嘣，我觉得那声音大得惊人，枕头里的棉絮都被它敲击得弹起弹落，但周围人一点也无法察觉我的音乐与快乐。大家都在梦乡里，安静而沉默。

等我慢慢适应这位朋友的频繁拜访之后，我便也渐渐找到了与它更加平和的相处之道。我开始在深夜默默地等它。有时它来，有时它不来。不管来与不来，我都觉得这是世上最平凡的一件事，没有必要失望，更没有必要感激。每当它来了的时候，我便与它谈谈心里话，说说我对未来有多怕，说说我对现在有多喜。

每次出门之前，大到十几个小时的火车，小到出门看场电影，我都是要与它谈谈的。我以前一直以为我喜欢各式各样的挑战和变化，我期待各种不确定和未知感，后来我发现我是怕极了改变。每当第二天要出门的时候，我那天晚上便会默默地与失眠相伴。有时候我会跟它谈谈未来的计划，有时候我们就那样安静地对卧着。我想又或许是我对未知的一切充满了极度的崇拜，才会每次都这样神秘地朝拜。不管怎样，我总是会习惯性失眠。

我想人在黑夜里与在白天是不一样的存在。黑暗总能激发出人体内不一样的自己，或者说是最真实的自己。没人需要在黑暗里伪装，那赤裸裸的坦诚便是人最真实的样子。我曾在被人诋毁之后一个人坐在马路牙子上号啕大哭，路灯昏黄的灯光远远近近，然后我就想拿个酒瓶子砸碎了，然后吧嗒吧嗒地抽根烟。等我走到超市的时候，忽然明亮的灯光打到我眼睛里，我瞬间觉得不想那样颓废了。超市大叔一如往常那不算亲切但充满笑的脸庞在我眼前晃来晃去的时候，我拿了瓶牛奶便结了账。

走出灯光，再次回到那漫长而沉醉的黑暗的时候，我觉得我又变成那个蹲在马路牙子上被人把真诚踩了一地的傻姑娘。我觉得那光明带给我们理智和力量的时候，也带来了一张画皮，那么美丽又那么丑陋。

失眠的时候总想找个人说说话，或许是想一个最亲密的人，有时也会想一个最憎恶的人。人在失眠时的感情最脆弱也最诚恳。那袒露在黑夜中的心脏是最干净而真实的。我总在黑夜的时候愿意去原谅所有的伤害，因为在黑夜那吞噬般强大的力量的感召下，人能看开很多事情，也愿意不再计较很多事情。在黑夜里，人能静静地跟着深夜的呼吸听见自己的心跳，扑扑跳动的心总是被隐没在白天嘈杂喧闹的面具摩擦声中，在黑夜里，心脏和摘下面具的脸庞一样，充满伤疤但清晰明亮。听听心里真实的声音，有时候你会发现很多你追求的东西不是你想要的，很多你奔跑的路根本不通往你想去的地方。你会发现自己想做一个什么样的人，还有着怎样尚未死去的梦。

  这世界给了我们一双能在光明中看见一切闪耀夺目的事物的眼睛，然而在黑夜里那两只黑色的瞳孔却能看见这闪耀夺目的遮掩下所有的黯淡与真实。

我的宠物

我养过一只乌龟,养过的意思是,它死了。

大二的春天我去逛超市,买到了一只乌龟。我之前没养过动物,甚至有点害怕动物,但我看见它之后就兴高采烈地把它买了回来。千年的王八万年的龟,我买它时就看中了它好养活,以至于室友也开玩笑说,这只小乌龟可以当你家的传家宝。

小乌龟也确实好养活,一个透明的小箱子,喂点乌龟食,没事放到窗户那里晒晒太阳。它很活泼,总是在箱子里爬来爬去,有时候在箱底的水里游一游,有时爬到石头上歇一歇。我一直没给它起名字,是因为我怎么也选不好名字,不过差不多所有喜欢的名字我都在心里默默地给它叫过一遍。一般情况下,我叫它"儿子",荣升为阿姨的我的室友们也会勤快地帮它换水。我的小乌龟就这样成为我们宿舍的一员。

我曾经弄丢过它一回。有一次因为一些原因把它带到教室去上课,下课之后却忘了把它带回来,再回去找的时候发现它已经不见了。我爬过了两栋教学楼,问过了每一层的管理员,终于在保洁阿姨的屋子里又把它找了回来。找回来之后激动的我给它拍了很多张照片，相册名字叫"小小小小小乌龟"。

因为我没办法带它上火车回家，所以我的小乌龟在寒暑假就会寄养到离学校近又喜欢它的朋友的家里。它就这样快乐地度过了两个暑假，一个寒假。

按照网上的说法，小乌龟冬天是要冬眠的，让它排尽身体的废物，埋进沙子里就可以冬眠了。但我一直没让它冬眠过，怕哪个环节没做对，它一旦冬眠就会醒不过来。南方的冬天不供暖，我给它买了个加热垫，垫在箱子底下。它就在热乎乎的小箱子里生龙活虎地度过了第一个冬天。

小乌龟第二年长大了不少，箱子也更新换代成了更大的型号。它依旧无忧无虑地度过了它的夏天和秋天。冬天到了的时候，麻烦就来了：宿舍依然是寒气逼人，小小的加热垫也无法给大箱子加热了。于是我开始为它寻找一个新的冬季避难所。

当时有一个同学正好租住在学校外，听说我的小乌龟需要帮助，便欣然同意它到家里住。住到学校外的小乌龟听说过得很好，早上会到窗台上晒晒太阳散散步。我课余的时候去看过它一次，它蜷在地板上，不太灵活；我试图跟同学说一说小乌龟的事情，但他似乎并不在意，没听完我一句话就急着跟别人聊其他的事去了。看过它后没两天，同学打电话给我说小乌龟死了。说它从窗台上掉下来，然后趴着一动不动了，再等了一天，身体已经浮肿变大了，确实是死了。

同学把我的小乌龟送回来，它变得非常胖，整个身体都变成鼓鼓的圆，我在图书馆前面的湖边挖了一个坑，把它埋下了。埋之前我给它拍了最后的照片，那照片放进给它的相册里，加了锁，再也没打开看过。

小乌龟死后我又去那个超市找过，售货员说很久之前就不卖乌龟了。室友告诉我，市里有个地方是花鸟市场，可以再去买一只。我没去，也压根不想再买一只。

烟雨苏州行

计划一场旅行是很久就有的打算。"去不去看枫叶？"有一天室友从午觉中醒来信口喊出一句她自己都不太在意的话，我像是被点燃了某种激情，便鼓动着这句梦话成了行动。

苏州有座天平山，山上有枫叶，深秋时节，正是赏枫叶的好时候。室友是土生土长的苏州人，于是关于旅途的计划便在我一日一日的"嗯嗯啊啊"的附和中由室友全权包办好了。经过一次全班范围的宣传，我们的旅行队伍从两个人扩展成十个人。周六一早，我们一行十人便登上了去往火车站的公交车。

天气并不算很给面子，从出门就迎上蒙蒙的江南细雨。虽然天气预报早就告诉我们这一天无锡苏州都将被小雨包围，但我们却没有因此改变计划。雨中赏枫叶会别有一番情怀吧。

六点多就起床收拾出行，对于我们这些习惯了八点上课的人来说简直是一种虐待，于是在公交车上我们集体上演了"那些年我们一起打盹的早晨"。在公交车上睡了一个小时之后，晃晃悠悠登上了去苏州的高铁，十分钟的高铁之后顺利抵达苏州，乘上苏州的公交车。

苏州的雨下得比来时无锡的雨大些，好客的雨珠细细密密地从车窗玻璃的缝隙中挤进来向我们亲切地问好。司机大约是个新手，动不动就来个紧急刹车，每次都能让全车的人滚成一团。之前听说为了传承和发扬婉转温润的苏音，苏州的公交车上采用普通话和苏州话"双语"报站，但很可惜，我乘坐的那辆车上并没有采用这双语模式，我也没能有幸听到苏州话报站名是怎样的风味。

顺着公交车的行驶路线，我们从火车站慢慢接近天平山。火车站一带不是很繁华，甚至有些破旧，大约是为了保留一些古建筑而舍不得改造吧。那些颜色古旧的建筑伫立在繁华渐染的苏州城里，别有一种味道和感觉，像是在默默坚守着什么信仰，讲述着什么故事。车子行驶到观前街时大约也是到了苏州最热闹的地段了吧，烟雨蒙蒙也阻止不了人们逛街的热情。车上很挤，车上的报站听不很清楚，于是我们就光荣地坐过了站。好在大家反应还算快，只坐过了一站。大家下车，冒着呼呼的凉风，顶着密密的细雨，沿着苏州街道往站台走。天气很冷，但是大家在一起说说笑笑很快乐。

十一点，我们终于到达天平山的入口。几个有些组织性和纪律性的同学正打算张罗着买票时，发现大部分人已经不见踪影了，等大家回来时手中都多了一个热腾腾的红薯。入口对面的街道旁排满了做生意的摊铺，大多是家常小吃。一位卖拉面的老板娘告诉我们进入天平山之后就没地方吃饭了，所以我们决定在外面吃饱再进去。事后证明，那位阿姨说谎。

我们终于在十二点之前踏进了天平山的大门。雨渐渐停了，空气湿湿的，凉凉的，景色颜色也是清新湿润的。大家迫不及待地拿出手机相机咔嚓咔嚓拍个不停。我们学校一位教"旅游景观"的老师曾经说过，一般人的旅游分为三大项：坐车、拍照、找厕所。从某种意义上讲，这个总结无比深刻而精当。

今年的枫叶红得晚，再或者是我们去得早了些，天平山的枫叶还未红透，准确说大抵还都是绿的。但这并不影响我们的游玩兴趣。说是看枫叶，但真正到了却发现自己当初来时的小资情调终于也不知道流散到哪个角落里去了，看枫叶之旅竟也成为坐车拍照找厕所的大众旅行。但是不消说这是一次快乐的大众旅行。

走到范仲淹的雕像下才知道这天平山是跟范先生有缘的。围着范夫子的雕像瞻仰注目之后，还是果断咔嚓了几张相片来纪念这次天平山游。我们流窜在天平山脚下的各个角落，拍照，买纪念品，坐旋转木马。我们还发现一条被落叶覆盖的路，雨后正午的阳光洒下，橙色的光晕洒了一地，美丽极了。我们在那里照了好几张相，尽管相机无法捕捉全那色彩的精彩和神韵。散开了的十个人终于在几通电话之后重新凑齐，大部队一起走向了上山的大门。

我们一路上都尽量挑着陡峭的山路走，总觉得走平坦的石阶上去既没有挑战也没有意境。当我们到达一线天的时候，有人开玩笑说，幸好队伍中没有太胖的，不然这一线天还真过不去。虽说大家过去是没什么困难，但一线天仅容一人通过的负载能力也确实给我们的拍照带来了很大的阻力。几位被我们堵在山上的阿姨说："你们先让我们下去好不好。"我们一群人带着微微抱歉的笑从一线天的缝里走下来给阿姨们让路,然后又坚持地把自己塞回缝里继续拍照。

　　一路上走走停停,说说笑笑,拍了很多照,也摔了几次跤。一位体质不好的同学在我们的"威胁"和鼓励下坚强地没有掉队。途中遇到很多人,有慈祥的卖水老爷爷,有威逼利诱卖香烛的阿姨,有拍艺术照的妙龄少女,有穿着高跟鞋"勇攀高峰"的少妇。我们一群人相互鼓励相互帮助,终于到达了山顶。

　　山不高,甚至从某种意义上来讲,都不能称之为山,但当我们登上山顶,仍然会有那么一刻,胸中充满了"会当凌绝顶"的豪情。山顶是块开阔地,有几个卖零食和香烛的小摊;风很大,吹得头发满世界飞舞。我们靠在几块大石头上,说说笑笑吃吃。大家都拿出手机给自己没来爬山的朋友发短信,汇报一下自己站在山顶的感想。但貌似山顶信号并不好,短信有的发出去了,有的被丢在这呼啸而来的山风里了。

　　下山的道路平坦许多,大家也都有些累了。我们时不时停下来休息一会,喝口水,聊聊天。我偶然看见山里放养的一群鸡和牛羊,看见层层叠叠的翠翠苍苍,在那一刻,心里突然空荡荡的,干干净净,澄澈清明。也在某一刻想,等到白发苍苍之时,找个山林,建所茅屋,就那样坐在石头上,看朝花夕阳与牛羊共舞。

　　下山之后,去马场骑了骑马。那是我第一次骑马,坐在马背上沿着不大的马场绕了一圈。马很听话,不凶不悍,但是如果腿不能夹紧马肚子,就会像我那样狼狈地在马背上颠来颠去。后面骑马的内蒙古大哥名义上是在保护我,可是他分明是在一边用不太流利的普通话骗我说不用怕，一边故意轰着我的马快跑来吓唬我。但令我骄傲的是，在马背上颠得晕晕乎乎的我还是使各位同学的快门顺利地完成了任务。

  出门之前，我们顺路去看了"枫叶节"上精彩的表演。年龄很小的杂技演员，用绳子吊着脖子在空中飞来飞去，表演着各种高难度的动作。这样精彩的表演对于我们这些不懂欣赏艺术却喜欢瞎操心的青年来说，只让我们发出了"孩子真可怜"的感叹。"卓别林"大师从台下上场时，恰好赶上我们要离开，穿着长头皮鞋黑西装、拄着拐杖的"卓别林"左一步右一步走上舞台的时候，恰好撞上我，就是那样直愣愣地撞上我。我一直忘不了他那双眼睛，眼睛里什么都没有，不是空荡也不是平静，没有任何意外也没有丝毫惊扰。那个眼神撞上我的时候，我觉得脑袋像经历了一场头脑风暴，一大堆东西猛地涌现出来。我总觉得那个场景那么熟悉，那种感觉似曾相识，或许我真的见过这样一个人，或许我看过这样一部老电影。接下来的游玩中我走了很久都难以平静，就为那一个眼神。我深深地喜欢这样一种触动，它让我在某一刻能特别准确地感知我的心跳。

  在即将出门的时候，我走丢了。我自顾自地跑到一边去捡拾留念的枫叶，而当我再抬头，举目四望已全是陌生的面孔。手机放在包里，包在刚才跑来捡枫叶的时候忘记塞在哪个同学手里了。那一刻，有种脑袋一嗡眼前一黑的感觉。我冲到刚才大家拍照的地方，想知道大家到底沿着哪个方向走了，那一刻的确有了一种微微害怕的感觉。这场旅行的一开始，就是被人带着领着，所有的一切都有人管着，我只顾一个人玩，什么都不用想什么都不用考虑，终于在这一刻，我有一点自己要靠自己的意识了。就在这时，恍惚之中我听见室友说话的声音，我像抓到救命稻草一样大喊着室友的名字，然后我听到同样惊喜的声音。我就那样疯疯癫癫地从有点惊诧的门卫面前冲出门外，冲到大家身边的时候，有种特别温暖的感觉，就是人群之中，你知道你站到哪个位置之后就是安全的了。那种感觉很踏实。

回到无锡时，正是华灯初上的时刻。路灯的光芒照了一路，锡城的灯光温暖而惬意。坐在公交车上，头靠着玻璃，看着窗外闪烁的光晕，有种回家了的感觉，有种温暖，有种踏实。那一刻我才明白为什么家是最温暖的地方，为什么故土是最让人牵挂的地方，因为当你踏上那块土地，当你贴近那片天空，你的心跳都是安心而有力的。那是一种叫作"归属感"的东西，真实而温暖。

无锡不是我的故土，但相比苏州，亲近它我会舒适。我也依然计划并期待着下一场旅行，但我也依然会更加喜欢回归时那一刻的安静。

故乡的"鼠节"

过年是一年当中最繁忙热闹的日子。在我的家乡，过年时的热闹隆重日子除了除夕和十五，最值得一提的就是正月十二了。

说这正月十二是什么节，谁也说不出个名字来，但这个日子却有着很多说法和讲究。据说正月十二是老鼠娶媳妇的日子，传说在这天晚上叼着驴粪球在石磨眼里就能听见老鼠娶媳妇的吹吹打打的热闹声音，还有的说法是趴在老鼠洞门口能听见，也有说是在葡萄架下蹲着能听见的。当然从没听说有谁去试着听过。但不管到底是哪种方法，从这么多说法中可以确定的是，老鼠先生在这一天娶媳妇是准没错的了。为什么要给老鼠娶媳妇呢？这也是有来由的，据说老鼠娶了媳妇之后就会安安生生躲在窝里过日子，不再出来糟蹋人们家里的粮食了。由此也可以断定这老鼠是不折不扣的妻管严！

正月十二有很多的讲究。这天不能动针剪一类的利器，以防把老鼠的眼睛扎坏，老鼠看不见，就会乱咬的。为了不让老鼠捣乱，要捏很多饺子，把老鼠的嘴给捏住，让它张不开。最热闹的在这天晚上，晚饭吃过饺子之后，大家都在口袋里装满瓜子、花生，三五做伴，走出家门，走上大街。吃瓜子花生也是有讲究的，叫"嗑老鼠嘴"，大约是因为瓜子长得像老鼠的嘴巴吧。把老鼠嘴都嗑坏掉，老鼠就不能偷吃了，所以这天晚上瓜子吃得越多就越好。出门走走也是有讲究的，这天晚上出门走是除晦气清霉运的，走得越远就把灾病丢得越远，新的一年里便可以健健康康，俗称"丢病"。因此这天晚上人们都嗑着瓜子说说笑笑走很远很远的路，不时跟遇上的熟人打招呼或停下来聊一会。男女老少人来人往，整条街上非常热闹。

烟花爆竹是不用说的了，尤其是一些许愿的人，每年都会买很多的烟花在这天晚上燃放，把夜空点缀的色彩绚烂美丽多姿。即使没有烟花的绽放，这天晚上也将是红红火火的，因为按照老例，这天晚上家家户户门口都要生火的，烧掉贫穷，烧掉晦气，烧掉灾祸，烧个红红火火的好彩头。孩子们是最喜欢这天晚上的生火项目的，这平时被老师家长明令禁止的"违法"事项在这天晚上成了一种"崇高"的项目，他们也撒开野性，在火光的照映中尽情地奔跑欢笑。小时候的孔明灯很少见到，这两年有精明的商家研制出很便宜的孔明灯，十元能买四五个，这晚的夜空中便飘满了闪耀的红灯，漫天飞舞的灯光填补了夜空中深邃的寂寥……

日子一天天流走，那藏在记忆中的故乡，化成了一个个特殊的日子里一种种甜蜜的味道、一幕幕温暖的场景，每次想起都像是能再次身处那时那景，满心涌入熟悉的味道，甚至闭上眼睛都能感觉到那时气息的存在，仿佛睁开眼就能看见久违了的故乡，童年和那时的梦想。

五月的夏风

坐在四楼图书馆,窗外是深蓝的夜色,夏季里温热的风吹进窗户,带来一种特殊的味道。那熟悉的味道,来自我那遥远的北方,一座小城,一所高中,我的高中年代。

高三那个夏天,也正如现在这般五月的时节,每晚都有晚自习。晚自习充满了背不完的数学公式,数不清的物理原理和一个又一个的化学实验,我们毫不顾忌天气的燥热,全力以赴扎在书堆里顽强地奋战着。直至今日在千里之外再吹到这温热熟悉的风,仍像是能闻到当日的味道,能看见莘莘学子苦学的身影,听见他们琅琅的读书声,眼前浮现出晚自习课间与我一同散步的姑娘散步时仍不忘讨论难题的认真神情,夏风扬起她薄荷色的连衣裙的裙角。

两年了,转眼间,离开那里两年了。大学的两年时光里,匆匆忙忙,以至于偶尔才能记起当年那个校园里流洒着的故事。那时的深蓝色的夜晚,那时的飞扬满园的杨絮,那时香香的槐花,那时曾有的梦想……望着窗外的夜色,深蓝一如当年。而我呢,也如当年吗？

　　高中的时候，每个人都有着自己绚丽的梦想，梦想着有一天能离开这所有的禁锢，背上行囊，去往远方。高中的时候，每个人都有一个美好的憧憬，憧憬着要去哪座城市，哪所大学，捧哪本书，写哪般故事。那个时候，很苦，很累，甚至被高考压到近乎疯狂，但那个时候，我们充满动力，目标执着，为着心中那个神圣的理想竭尽全力，努力奋斗，想象着高考完有一个无拘无束的长假，再之后有一段自由美好而浪漫的大学生活。

　　等升了大学，每个人都会看到一篇火热的帖子——《那年我无比憧憬大学，现在我无比怀念那年》，并为之激动、流泪，感同身受。不知从什么时候起，我们那段最美好、最张扬、最恣意的梦想时光悄悄溜走了，我们开始踌躇满志地嘟哝着，大学"骗"我们的那些事情。

　　大学里似乎并非充满奋斗，上了大学并不是背上行囊就能单人旅行，大学并不是充满了舞会派对和名人约会……我们就在平淡而真实的现实中，慢慢习惯了安于现状的日子。像蜗牛背着厚重的壳，慢慢悠悠地爬向无所谓的未知远方，懒惰了便缩回壳里美美睡上几日甚至几月，醒来继续磨蹭在旅途上。

　　我们那些邈远而振奋的梦想，北京、燕园、上海、东方明珠，美国、哈佛，曾振臂一挥，应者云集。渐渐在不知不觉的时光流逝中磨灭成了不挂科、代喊到、逛淘宝、抄论文，再之后毕业，找份普普通通的工作，结婚，生子。多少人还记得当年那张稚气未脱的脸上曾经闪耀的光彩，那懵懂青涩的年少里金光闪闪的梦想。当年的意气风发、鸿鹄之志，在庸庸碌碌里，在随波逐流中，一点点迷失了。

悲哀的并不是大学本身，沉沦的是我们。当我们开始花一两个小时逛淘宝的时候，当我们开始描眉画眼穿小吊带的时候，当我们认识到脸是女人最重要的门面的时候，我们就已经开始变化了。当我们不再挣扎着为了得到一个好分数而是及格就行的时候，当我们瞄着周围的男生恨不得赶紧挖一个"高富帅"来解决单身问题的时候，当我们计划着毕业之后到一家公司谋一份不错的职位或者回家当个家庭主妇的时候，我们终于是在吞噬青春的现实中与当年的梦想背道而驰了。

残忍的现实成了大部分人甘心平庸的借口。这世界上有着无数的机会和可能，却也有着无数的碌碌无为者谩骂着现实的黑暗无情。现实宰割我们的时候，其实是我们持了刀宰割着我们奄奄一息的激情。

在这个大学里，到底有多少可能。我喜欢一个年轻作者，她叫夏茗悠。她生于上海，大学就读于北大，研究生读于复旦。大学四年，写了很多文稿，出了书，做过杂志的监制，现在有了自己的公司。正是她当初的勤奋，才造就了她今天的成功。然而现实中，大学四年里，很多人在吃饭、睡觉、上网中度过了今后的人生中最自由的黄金时代。在我们踏进大学校门的那一刻，有多少人曾在心里暗暗地对自己说立志的话，那些翻滚着的激情是不是还能奔涌着直到远方呢。

在这夜色深重的静谧中，偌大的校园里一定上演着各式各样的故事，有人拥着美丽的女孩，有人抱着抓狂的电话歇斯底里，有人叼着烟、举着啤酒瓶子谈天说地，有人窝在转椅上看剧、聊天、逛淘宝。而此刻，我在这灯火通明的图书馆里，也静静流淌着无数追梦的故事。我从一个个废寝忘食、埋头书卷的身影中，找到了当年的感觉，看到了我的目标，懂得了我应该做的事情。

在很多年以后，有些人不懈的追求成就了自己当初的梦想，一路走到了远方；而放弃了拼搏的人，终会在岁月的磨痕中逐渐黯淡，浮浮沉沉，最后悄无声息地消亡。这世界从不缺少舞台，只是缺少坚定的信仰和执着的坚持。

当你正在繁华岁月里放浪自由，你是否意识到你平庸的人生，已经开始为逝去的梦想唱起了挽歌；当你游走在青春的边缘虚晃过境，你是否能提前听见你多年之后一句轻轻叹出的有气无力的惋惜；在你还有权利和资本追逐梦想的每一天，你那梦想是否已经成了落满灰尘的往事。

朋友，还记得当年五月温热的夏风吗？

劝君莫惜金缕衣，劝君惜取少年时。

周杰伦的幸福课堂

从6月21日算起至今,周杰伦离开中国也有一个多月了。周杰伦是我们的口语老师,来自美国犹他州,美国名字是Jay,在担任我们的口语老师之前曾经在山东大学任职三年。当他说他的名字叫Jay时,学生们就给他起了中文名字叫周杰伦,于是他就有了这个时尚的大名。

周杰伦对自己的年龄保密,但是应该有一些年纪了,至少是超过了任课老师的年龄上限的。可是,千万不要因此就以为他是个老态龙钟死气沉沉的美国老头,他可是个神气十足的"帅小伙"。每当有人夸奖他handsome(帅气)的时候,他总会特别得意地说:"Thank you(谢谢你)!"周杰伦年轻时确实是个帅气十足的小伙,从他年轻时的照片就可以看出来,但是现在身材发福了很多,身材圆滚滚的,尽管相貌还是留有当年的风采,然而当他给我们展示他年轻时意气风发的照片时,我们还是大吃了一惊。

结识周杰伦是大二开始的时候,以前的口语老师因为工作调动转去了其他学院，周杰伦正好带着美丽的妻子戴安娜从山东转战锡城，就这样他成了我们的口语老师。开场第一堂课，他就给我们留下了深刻的印象。倒不是他有什么特异功能使我们难以忘怀，而是他庞大的家庭让我们大为震撼。周杰伦自豪地说自己有八个儿女、三十二个孙子女，听得我们一片唏嘘，同学们说看周杰伦的全家福就像是看《建党伟业》海报。周杰伦第一堂课让我们记忆深刻的另一点，就是他有一个漂亮老婆。从开堂上课到下课，他就一直老婆长老婆短，把老婆的照片放了一屏幕，对着老婆的照片极尽各种褒奖无限崇拜，惹得全班女同学无限羡慕。一直到学期结束，周杰伦的老婆戴安娜都是我们课上的"常客"，虽然本尊从未出现在课堂上，但是我们总觉得她就在我们身边。

　　周杰伦的课堂气氛十分活泼，他对待我们也十分随和，哪个同学不小心迟到，是不会得到批评的，他总会乐呵呵地跟迟到的同学打招呼："嗨！你来了！"他的课堂上有非常多的活动让我印象深刻。去年母亲节的时候，他在课堂上给我们每人发了一张信纸，要大家给母亲写封信，然后还给每人发了信封，让大家填好信封，课后由他为大家寄出去。信纸是他专门定制的，上面有他和戴安娜的小照片和他们的祝福。母亲节之后一周，妈妈收到了我的信，虽然妈妈嘴上没说什么，可是我在电话里听出她的语气是愉悦的。周杰伦让我们在母亲节的时候，名正言顺地矫情了一把，感谢周杰伦给我们制造了这样温馨的与母亲沟通感情的机会。

　　圣诞节的时候，戴安娜给每个人做了曲奇饼干，每个饼干都用红色礼袋精心包好，还扎上了红丝带。发饼干时，周杰伦无限骄傲地说:"这是戴安娜亲手做的。"圣诞节晚上,周杰伦和戴安娜举行了圣诞派对,戴安娜把周杰伦化装成圣诞老人为我们分发饼干。那天晚上每个人带一个礼物进场,出门时再从礼物袋里拿出一个带走。那是我第一次参加圣诞派对,觉得兴奋极了。周杰伦扮成圣诞老人的模样和气地坐在凳子上,等我们一个个去跟他合照。派对结束后,他就这样一身装扮在教学楼里招摇过市,回头率那个高呀!惹得别的班级兴奋的小姑娘跑过去跟他合影,他就特别开心地发一块饼干作为圣诞节的礼物。不知道那天晚上周杰伦作为圣诞老人给多少人的圣诞节带去了欢乐。

周杰伦是个多才多艺的美国佬,他弹着吉他唱歌的时候真是魅力无限。他十分爱学习,能说不少的常用中文,而且发音还有腔有调的,抑扬顿挫平平仄仄一点不差。他还苦练了两首中文歌——《朋友》和《小酒窝》,其中《朋友》唱得最好,他说那是他最喜欢的中文歌。在他的课上,我们表演英文短剧,进行团队展示,每次的表演他都会拿相机记录下来,然后得意扬扬地说:"等我带回美国一定要跟我们的孙子女们吹嘘我的中国行。"他最常说的话就是:"你是最棒的!"

周杰伦热爱旅行,跟戴安娜游遍了江南美景。戴安娜会说的中文不多,据周杰伦透露大概只停留在"你好""对不起"的阶段。相比之下周杰伦就要精通多了,但是他还是要随身带着"翻译"出行——跟他熟识的学生有空时,就会当他们的随行导游,跟他们一起领略苏杭胜景。

周杰伦和戴安娜也算得上是公众人物了。在美国时参与拍摄的他儿子的音乐作品还得了奖项,歌曲名字叫 *Could I Have This*

Dance（《与君共舞》），讲述的就是他们两个人坚定而浪漫的爱情故事。他们夫妇还参演过话剧，在中国两个人也参与过电视台教育类节目的录制。周杰伦永远是乐呵呵地笑着，牵着戴安娜的手，满满地洋溢着幸福的味道。

周杰伦说他年纪大了，飘荡够了想要回家了。他在美国有大大的农场、漂亮的房子；儿子女儿开金矿做歌手，个个都过得风生水起；孙子孙女个个聪明漂亮。每次说起儿孙们，他眼睛里总是闪着异样的光彩。他做了精美的书签发给我们做纪念，书签上印着他和戴安娜的笑脸，还挂着精美的吊坠。

回国之前，我们为周杰伦和戴安娜办了派对，派对上大家一起唱歌游戏，还拿了可乐瓶子当话筒对他们进行采访。他说，他看见她就知道她是一辈子对的人；她说，她嫁给他从未后悔。两个人唱了那首 *Could I Have This Dance*：Could I have this dance with you for the rest of my life？（《与君共舞》：我愿倾尽一生与君共舞）两个人唱起的时候，满满的都是甜蜜，我们听着歌声觉得听到了幸福的味道。

更好的自己

我把工作给辞了。辞完职收到了来自亲朋好友源源不断的电话,中心思想只有一个:那么好的工作,你为什么要辞职,你就算念个研究生出来,也不一定能找到比这个好的工作。

我大学毕业撞了大运,进了国内权威的英文媒体做编辑,做了一年,我大义凛然地把职辞掉了。我一直很感激这段经历和遇到这些人,给了我积极自由的成长空间和不断前进的动力。

我就职的单位离职率比较高,倒不是因为这个单位不好,恰恰相反,这个单位让你清晰地看到了你应该努力的方向。我离职的原因并不是对单位哪方面不满意,而是在这样一个环境和集体里,意识到了自己的不足,更看到了不曾见过的广阔的世界。

就像爱一个人,一定要爱一个让你变成更好的自己的人,而不是一个放任你停滞不前的人。

我一直跟人说,如果我在三十五岁的时候遇见这个工作,我一定会安安心心踏踏实实在这里待一辈子，因为它满足了我对工作的所有要求：工资体面、专业对口、兴趣相投、环境自由、接触面广。但是，多么可惜，我遇见它时我只有二十岁。

如果我的人生从二十岁就开始选择安稳，那四十岁的我，六十岁的我，八十岁的我一定会回过头来狠狠骂当时那个没有魄力和勇气的我。

我的同事基本全是研究生学历。我倒不是多羡慕这个文凭，我是羡慕这样一段经历。这样的三年，你见过的事，学过的书，认识的人，都是一份岁月的馈赠。说到底，我也是对研究生生活充满憧憬，甚至执念的。

我的同事有很多留过学。我知道我即使工作也会有出国工作和游玩的机会，但我总对长期的国外求学心存期待。他们口中的英国、法国、加拿大，可能你经历过了也会说"不过如此"，但是你没有去过就会一直怀着强烈的向往。

我的单位有很多部门，有的可以去采访高官机要，有的可以写国际要闻，有的可以做视频播报；我从来没有怀才不遇的失落感，而是觉得如果把这些任务交给我的话我确实难当重任。这个平台给我的最大的好处是，让我看到这世界这么大，而我已知的那么少，并且可以继续奔跑的范围那么大。

这么多年从小说影视剧里我看到了那么多尔虞我诈明争暗斗，但我觉得十分幸运，我从大学一直到工作，我见到的每一次机会都公平公正。大三的时候有个给大一新生做班主任的机会，当时我们班三个人申请，一个是成绩最好的年级第一，我是跟老师关系最好的班长，另一个是关系最硬的学校领导的亲戚。结果很简单也很直白，机会给成绩最好的那一个。入职的单位也是，我没有任何关系和背景，在异地他乡，糊里糊涂入职一个我至今都觉得撞了大运的公司，我一直心存感激。

　　我感激每一个平等公正的机会，也感激每一个催我奋起的际遇，更感谢每一次前进都能遇到的更好的自己。

葡萄成熟时

据说到我考研最后几天,我妈最关心的不是我能不能考上,而是我会不会疯掉,因为我每天打电话只会重复一句话:你觉得我能考上吗?

考研后期的时候我妈鼓励我说,你考试结束一定要把考研的心路历程写下来,鼓励鼓励后来人,让大家知道考研这条孤独的路每个人都走得很辛苦。我说,即使我现在再难受,等考试结束我就会把这辛苦和痛苦忘得一干二净。

果然,知己莫若己。我那痛不欲生的经历,过去了,我就忘得干干净净了。我现在唯一清楚记得的是,考完那天晚上,我和两个好朋友大吃了一顿,然后我说,你们不要笑我,难听也要忍着听,我一定要把这首歌唱完。

那首歌叫《葡萄成熟时》:你要静候,再静候,就算失收,始终要守。

我在我22岁生日的当天辞掉了我全家上下都非常满意的工作,带着我的积蓄,搬回大学母校旁边开始准备考研。时间不长，不到五个月，现在想想也不记得有什么惊天地泣鬼神的苦痛，只是完完全全一个人过了一百五十天，这经历觉得挺珍贵。

网上有个段子叫"你的孤独有几级"，从一到九，分别是一个人逛超市、去快餐厅、去咖啡店、看电影、吃火锅、去KTV、看海、去游乐园、搬家。一个人的一百五十天里，我完完全全享受了这孤独的层层感受，说不上多么孤独，但是却慢慢学会并且精通如何和自己相处。人虽生来属于这个社会，但是人生来也孤独。你对着镜子，看自己哭和笑，看自己的贫血的蓝眼睛、越来越明显的法令纹、日渐突起的赘肉，问自己的悲喜，听自己的心跳。

其实生活也并没有那么惨不忍睹。我遇见了辞掉铁饭碗为坚持法律梦的邻居，他考过司法考试的那一刻，我就好像自己考上研究生一样激动和快乐；我还遇见了辞掉工作为考公务员的学姐，虽然她受不了压力后来又找了份工作，但是一起奋斗的日子弥足珍贵。你会发现，你永远不是特立独行的那一个，你走的每一条路上都有同行者相互鼓励相互扶持。在学校的日子里也偶尔遇见没毕业的学弟学妹和之前留校读研的朋友们，你虽然在走一条与他们不同的路，但是你并没有那么多值得自怨自艾的孤独。

考研前一天，周五，我买了下午一点的票去看《恶棍天使》，到电影院时迟到了，我转身进了下一场的影厅，幸运的是刚刚好正开始。灯光黑掉的那几秒，我的眼泪夺眶而出，跟着电影巨大的背景声，我哭出了声音，带着迎接最后一战前破釜沉舟的决绝和释然。电影结束，我抹干净脸到卫生间开心地拍了两张自拍。后来很多人骂这部电影拍得很差，但对于我来说这是我看过的最好的电影。

考完之后是 2016 年的新年，我跟之前的同事一起吃饭，看完电影，我赶上最后一班地铁回住的地方，下车时把公交卡落在了座位上。我在车窗看着它跟着列车驶向下一站，心里有点失落也有点不舍。我想，连公交卡都丢了，或许是时候跟这个城市彻底告别了吧。

最好的时光

杨钰莹在 2012 年年末，再次高调复出。尽管"甜歌公主"的称号已在她自己的欣许下改成了"甜歌皇后"，但是当年的清纯玉女现在依然光彩照人。这个已经 42 岁的美丽女人，带着她依然甜美的笑容和甜美的声音对主持人说："这对于我来说是一个成长的季节。"

2009 年，结婚三年的郝蕾在等待丈夫李光洁补给她一个甜蜜的婚礼时，等来了离婚协议。表面大大咧咧却非常重感情的东北女孩一度崩溃。但是第二年，她在生日聚会上给自己的标语是：祝郝蕾小姐一周岁生日快乐。她说，我觉得我像又活了一次，我重生了。

第一次瓦舒淇是在朵唯女性手机的广告上，夸张的唇彩和做作的声音让我对这个三级片出身的女星更生一层厌恶。但是当我后来恶补华语电影时，我看见梁笑笑那沁人心脾的笑容，我像是突然又听见老王用他那浓郁的河南口音说着：舒淇这个女人不漂亮，但是特别有味道。面对所有的质疑和诋毁，这个倔强的女孩一步一步让世界都认同她是美丽非凡的。

2012年,复出的杨钰莹42岁。年龄已不再年轻,但却依然适合重新起航。2010年,离婚一年的郝蕾登上金马奖最佳女配角的领奖台。得失总是平衡,挫折打不败的就是王者。1998年,在第35届金马奖的领奖台上,舒淇说我要把脱掉的衣服一件一件地穿回来。人总会犯过错误走过弯路,咬牙坚持就能越来越好。挥别错的才能与对的相逢,人生只要认真对待就都是崭新的。

我们都在说人应该在最美好的时光里做一些让自己永生不忘的事情,我们应该轰轰烈烈地爱一次,疯狂地活一回。其实我们应该经历些磨难然后知道永不言弃,应该接受些伤害然后明白要越挫越勇。最好的时光就在我们天真烂漫时的无畏无惧里,最好的时光就在我们豆蔻年华时的善良真诚里,最好的时光就在我们青春年少时的敢赌敢拼里,最好的时光就在我们意气风发时的运筹帷幄里,最好的时光就在我们跌倒了再站起来、失去了再赢得的过程里。最好的时光不在过去,也不在未来,最好的就是最平凡也最真实的现在。你能得到也能失去,你能放弃也能前行。握在手里的便是能改变的,人生不怕失去,也不怕苍老,最怕你在美好的时光里流失了信念。

  最好的时光/最好的时光/我们为爱歌唱/去过最美最美的地方/有过最真的悲伤

  最好的时光/最好的时光/把我一生都照亮/就像花儿落满山冈/停在时间之上

——《最好的时光》歌词

等风来

直到采访完张娅姝的一年之后，我再拿起当初采访的稿件去面试时，还有面试官激动地说："你采访过张娅姝啊！"我说："是，她是无锡歌舞剧院的首席。"他说："我知道我知道！"

我当时接到的采访任务是采访无锡歌舞剧院的一部舞剧《玛纳斯》，是一部历时两年的文化援疆艺术成果。《玛纳斯》是柯尔克孜族的民族史诗，一部记录了柯尔克孜民族的崛起和发展的史诗；玛纳斯就是柯尔克孜人民心中的民族之父、民族英雄。它与藏族的《格萨尔王传》和蒙古族的《江格尔》并称为"中国少数民族三大英雄史诗"。

舞蹈排练很辛苦，我在排练期间采访了舞剧负责的领导，在午饭期间采访了执行导演，到晚饭时间采访到了舞剧的女主角张娅姝。当歌舞剧院领导告诉我可以帮我联系一下张娅姝的时候，我心里是忐忑的，在漫长的几分钟的等待期间我总是害怕她是不是要拒绝了；直到真正见面的时候她一笑，我就知道是我多虑了。

采访张娅姝之前我看了很多她之前比赛的资料，风的轻盈曼妙，青蛇的妩媚灵动，每一次舞蹈她都带给人美的享受。见到她的第一眼我情不自禁地说："哇，你好瘦啊！"她说："是啊，大家都说我真人比电视上瘦。"

采访期间我询问了她的病情，她还是保持微笑着介绍自己的身体情况。说到后来她也坦承难过的时候也会受不了，但是如果你不专门去问专门去关注这一点，她就一直这样笑着工作，积极地生活，你完全看不出来这样灵动跳跃的花仙子背负着这样的病痛。我最终的采访稿上省略了病情这一部分，因为比起歌颂一个不畏伤痛坚持梦想的励志女演员，我更希望读者认识一个美丽灵动热情积极的舞者。

2014年的张娅姝应该算是红了，但是她却没有选择走进繁华绚丽的娱乐圈，她拒绝了要她喝酒跑穴的经纪邀约，也拒绝了很多商演。她很清楚自己的职业，也很清楚自己的梦想——她是一个舞蹈演员，她想跳舞。采访时我问她以后有什么打算，她说她想开自己的舞蹈工作室，如今她的工作室已经顺利地开在了无锡的市中心。

相比很多其他艺术形式，舞蹈的受众较窄，盈利也较少，她说她很感谢电视节目愿意给舞蹈这样的机会，让舞者和舞蹈艺术被更多的人关注和热爱。她说只要有可能有需要，她都愿意尽自己的努力让更多的人更了解和喜欢这个艺术形式。排练现场有年轻的舞蹈演员表演技艺不够纯熟到位而受到导演的严厉批评，我对张娅姝说，你一定一直都是最优秀的那个吧。她笑着说，这都不算什么，刚开始都是这样的，受到的批评多了去了。她没有过多地讲，我也没有过多地问，因为我知道每一朵娇艳的花都是浸透了奋斗的泪泉的。

舞台上旋转跳跃，一颦一笑，婉转生姿，舞蹈演员的美是人尽皆知的，但是他们背后的身体伤痛外人很难体会。午饭期间我采访到舞剧的执行导演，这个三十多岁的年轻人之前也是歌舞剧院的首席，但是随着年龄增长伤病积累就从舞台上退了下来。他说在这个舞台上大家看到的都是那几个光辉靓丽的主角，而背景里那一批批的群演可能在花光最青春的这几年之后，就要带着一身伤病走下舞台，重新择业。我跟张娅姝说，舞蹈这个职业是吃青春饭的，也会不可避免地受到身体上的伤痛。还没等我问她就明白了我的意图，她说："我清楚地了解这个行业所有的缺点和我要承受的伤痛，但是我仍然选择，也仍然热爱。"

我最喜欢张娅姝的《风之舞》，她用鼓风机吹起轻纱，轻灵曼舞，让我们看到了风和舞蹈的魅力。比赛时的朗诵是她自己录的，是叶圣陶的诗——《风》：

> 谁也没有看见过风，不用说你和我了。
> 但是树叶颤动的时候，我们知道风在那了。
> 谁也没有看见过风，不用说你和我了。
> 但是林木点头的时候，我们知道风正走了。
> 谁也没有看见过风，不用说你和我了。
> 但河水起波的时候，我们知道风来游戏了。

红豆

上冊

说　谎

大姚和老凌分手那天是 2011 年 1 月 28 日，星期五，天气小雪。看完很多篇关于这件事的帖子之后，拿出手机拨通你的号码。你应该还没起床，声音很懒。我平静地说："苏阳，我们分手吧。"我说得很慢，声音不大，心情和脑袋一起全是空白。等你很久，你说："陈曦。"良久的沉默之后，我挂断电话，抱着那只脏兮兮的大熊坐了一上午。

2011 年 1 月 28 日，我们分手了。距我们相爱开始那天整整两年零四个月，我算得很清楚。与你相遇很容易，和你分手同样简易可行毫无赘余。像是做了个梦，用来填充涂抹一下混乱无比的青春，仅此而已。

高考结束后的某天，在苏安家里认识了你。苏安介绍你时笑笑说："这是我堂哥，苏阳，比我大三个月。"然后，相互笑笑说了"你好"。我说我想去南方闯闯，你说你也是。录取结果出来了之后，我们很凑巧地在两个相距不远的城市。再之后的某一天，你说："做我女朋友吧。"我抱着手机沉默了几分钟，发过去一个字"好"。这，就是我们的开始吗？

我一直很奇怪自己怎么会这么无厘头地谈起一场异地恋，因为寂寞吗？当年在苏安家里与你匆匆见过一面，怎么就会和你谈起了恋爱呢？是传说中的一见钟情吗？在网络和移动通信日益发达的今天，就凭一堆短信几通电话，我们奢侈地谈着爱情，我真的爱你吗？我是个沉默的女孩，人家说越是内向的人越有可能发生网恋，而我，也是沉溺于凭借手机构造起来的虚拟的爱情里面无法自拔了吗？我不知道。

从两年零七个月之前的那次相遇之后，我们靠手机和电脑保持着联系，从未中断过一天，这样想想确实也挺不容易。我们谈很多话题，从学习、生活谈到现实、理想，从物质追求谈到精神爱好。坦白地讲，我觉得跟你交流很快乐。

我跟苏安说："我觉得我遇见了一个寻觅多年而不得的人，他能和我有同样的心情和梦想。"苏安笑笑说："嫂子，你捡了个大便宜。"我说："可总是觉得有点不真实呢。"苏安说："你是幸福晕了吧。"那时候，我是幸福的。当你有一天发现自己不是一个人在追逐太阳的时候，心里是会觉得有无比的满足感。我说我要回北方，我说我要做我自己，我说我要坚持理想决不退缩，我说我还记得曾经那些金光闪闪的梦想和激情。苏阳，谢谢你当年曾听我说，陪我说，那是我度过的最最美妙的日子。

但是，时间终究是难以抗拒的毒药。它扼杀了我大学时光里所有有关梦想的向往，我和周遭所有人一样变得浑浑噩噩。有时候看甜得发腻的电影看到恶心，那些闭着眼睛说出来的滔滔不绝的不经大脑的情话说着容易，听着感人，却终究只会是应景的昙花，瞬间杳无踪迹。所以，我从没要过什么誓言，也从没说过什么鬼话。一辈子太远，我们没必要自欺欺人，拿无法到达的未来骗自己在眼下更坚定。但我也不止一次地骗自己，我说："或许，我们能走到最后呢！"当然，我是说，或许。我也从没要过你什么东西的密码，我给你隐私，给你空间，给你自由。我尊重你，以及你的一切。只是，你不懂，你以为我不够在乎，不够关心，不够爱你。苏阳，有时候你像个孩子，天真烂漫还一脸的呆气，我不想变成绳索来绑住你钳制你，我想给你自由，也给我自由。

  从2009年的1月1日开始，我们每个新年都一起跨年，抱着手机一起跨年。截至2011年1月1日，已经三年了。每次，我们都在新年到来的那几秒保持沉默，跟着新年到来的节奏许下愿望。苏阳，你知道吗？每次我许的愿望里都有一条是：我希望我能和苏阳走得很远。而事实证明，很远并不远。两年零四个月，而已。"有一天你老了，假如再没有别的女人来剪切我们的爱情，再没有比我更会体贴你的女人来分割我们的爱情，那时我还会回到你身边告诉你：只有我最爱你，只有我最爱你脸上苍老的皱纹……"听说，这段话是大姚写的，看得人心酸。苏阳，我不会写这么深情的话，因为我不是最爱你的人，也不爱你苍老的容颜，我只爱我们在正当年时的那段韶华里所有美丽的日子。

  我们见面很少，有时候会忘记你的样子，只能记得你高大却模糊的轮廓。每年从南方杀回北方的那两个假期就成了我们难得的相遇机会。手拉手地轧马路，一起站在广场上仰起头看屏幕墙上播放的电影，吃KFC，唱卡拉OK……我们像所有正在恋爱的男男女女一样做着最无聊却也最浪漫的事情。我踮起脚尖，在你耳边说："我想看星星。"于是，我们很放肆地大晚上溜出家门去广场上看星星，然后你抱了抱我。在广场的正中央，在忽明忽暗的路灯的照耀下，你抱了抱我，在我额头上印下颗星星。七堇年说：那场拥抱如井。我从没提起过那场拥抱，但它的确如井。它让我能随时从中汲取出一桶一桶的井水来灌溉我的思念。而那场拥抱是很久很久以前的事情了吧，2008年的岁末或者2009年的年初，我记不确切了。只记得那天穿得像个棉花包的我依然需要穿毛衣外套的你暖手才不会被冻死。北方的夜晚，很冷。

  2009年之后便是更加浑浑噩噩的日子了。每天除了上课、吃饭、睡觉，就只剩下手机和电脑。我有时候回忆起来觉得好笑，我的梦想呢？我那些蠢蠢欲动不安分的激情呢？它们在那些日子里都死到哪里去了？我想，那时候的我是智障了。我曾像得了"失心疯"的疯婆子一样只为了听听你的声音打个电话给你，等你"喂"了几遍之后心满意足地放下话筒一蹦三尺高。也曾倔强地坚持不想你，不想你，不想你，然后逼到自己泪流满面。我想，我一定是爱了。但是，我想，我一定是爱晕了。因为，我再也不是那个独立的、睿智的、有思想的陈曦了。我竟然去学做饭，学织毛衣，竟然不赖床了。我怎么了？

  因为，爱你？我，爱你吗？一个刚刚二十岁的丫头和一个同样刚刚二十岁的小子谈爱情？我们，也算爱情吗？你没为我放弃亿万的家产，我也没为你和父母决裂再不能进家门。我们，也算爱情吗？

  从某个时间开始，我们不谈梦想了，我们不说未来了，最多只是抒发一下北上的愿望和憧憬，再也没有新的火花。是大学磨损了我们，还是爱情磨灭了梦想，抑或是时间磨损了新鲜感，距离磨灭了默契。除了每个月微微超支的电话费，每天抱着手机有一句没一句地浪费着时间，我们之间，再无其他。有时候，我甚至怀疑我们是彼此扼杀寂寞的工具。可能我的位置于你、你的位置于我都可以换个路人甲乙丙丁来替代。

我们开始有矛盾了，只是我们从不争吵，我们开始互相敷衍，开始沉默。爱情变成负担的时候，怎么挽留？怀疑和猜忌代替理解与包容的时候，只好放手。

2010年圣诞前夕，你说："琳姐让我送她个苹果。"我说："那就送吧。"你沉默很久，说："我以为你会不让送。没想到你竟主动提出来……"苏阳，你在试探什么？圣诞节我收到几个苹果外加一朵百合。你说你缺乏安全感，苏阳，不是你，是我们，缺乏安全感。

你说琳姐想见见我；你说琳姐是个很单纯的小女生；你说琳姐问你她和我谁好看；你说琳姐用南方很罕见的雪给你搓了个雪球；你说琳姐比我还懒，比我还振振有词；你说琳姐想进我空间要加我为好友；你说琳姐……亲爱的，琳姐，是谁？

我打开你的空间，满是琳姐的留言和回复，我努力了很久依然无法稳坐你空间访客里的第一名。我打开我的空间，留言板的第一页，最近访客的前十名，最近十天更新的说说和日志的评论里找不到你的名字。苏阳，那一刻，我没有哭，也没有难过，只是大脑一片空白。我没敢去琳姐的空间踩踩，我怕看见她空间里铺天盖地的都是你的影子。你知道的，我心脏不好。

之后，你说过几天来学校看我，我说好。但是没等你来，我便揣着几张人民币坐上火车杀到了你面前。我不知道我想干什么，或许是想让自己在放弃之前再看看你；或许是想看看你让我再找到坚持的理由；或许就只是想看看你；再或许只是想让你看看我，看看在南方小城里不穿成棉花包的陈曦。很巧的，公交车停在你校门口的那一刻我看见了你，和她。

你拎了两手的器材，她很开心地跑跳在你的身边，逗你笑，冲你做鬼脸。我叫："苏阳。"你转身看见我，笑得很开心："陈曦，你怎么来了？"你扔下两手的东西冲过来抱住我，她也很开心地跑过来，优雅地跟我打招呼："你好，我叫朱琳。"苏阳，你知道吗？直到那一刻我才知道，原来你的琳姐姓朱。

三人行。这样的默契很让人窒息。你带我去见你的朋友们，琳姐很热情地介绍着"苏阳同学的女朋友"，那种感觉很像我去你们家做客。苏阳，我很难过。

琳姐很热情地款待我，逗我开心，陪我玩，替我凶你，教你哄我。你在一旁乐得开心，任她摆布。"他要是敢欺负你就跟我说，我替你收拾他。""琳姐，我哪敢欺负她呀！""你那苹果削得难看死了，平时怎么教你的，见了媳妇连苹果都不会削了？""这不都怪你没教好嘛！"我在一旁笑，笑得很开心。苏阳，我能哭吗？我不能。我什么都不能说，不能小心眼，不能吃醋：她，是你朋友。

那天晚上，我住在你学校的宾馆。你耍赖要住在我房间里，说替我驱鬼，保护我的安全。我执意要你离开，我说我一个人不怕。你说要亲亲我的嘴巴，我执意不肯，我说初吻得继续留着以后重要的时候再用。然后你接了个电话："琳姐。"你挂断电话，亲亲我的额头，说马上回来，你说社团那边有点事情需要处理。

我说，好的。

我洗了个澡，然后窝在床上看电视。电视里演的是甜得发腻的电视剧，男女主角说着不经大脑的鬼话。社团有事，缺你不可是不是？琳姐打电话来一定是不得不去的事是不是？苏阳，在朋友和女朋友之间，她比较无法拒绝是不是？走下床，从窗子看下去。那么巧，你载着她从我窗前的路上经过，她的头发随风飘舞。苏阳，这样一个柔弱的需要你照顾的体贴的贤惠的漂亮的小女生很适合你的吧。苏阳，你说呢？

几分钟后，一个热气腾腾的你出现在我面前。我说："我累了，想睡觉了。"你嗔怪我不替你擦擦汗。苏阳，我是陈曦，我也有我的骄傲。"去叫朱琳擦吧。"你一愣，然后抱住我："你吃醋了，对不对？"你抱住我，亲亲我的额头："我跟她只是朋友。我爱的是你。"我推开你："我没吃醋，只是累了。晚安。"

我把你轰出房间，关门，一夜无眠。

第二天，很早地离开你的学校。你送我去火车站，那么巧，她也刚好有事去火车站。三人行。

踏上火车之前，你抱抱我，她也抱抱我。然后，你们目送我离开。亲爱的苏阳，谢谢你和你们家盛情款待我的女主人一起送我离开。我．无话可说。

之后的你依然在说着关于琳姐林林总总参各种各样的种种，你说琳姐很喜欢我，你说琳姐夸我漂亮，你说琳姐也喜欢北方，你说琳姐的梦想是……梦想？我们多久没有谈论梦想了？真好，又有一个人可以跟你谈梦想了。她叫朱琳，你的朋友。而你依然坚持地说着爱我。爱我？你爱着一个整天和你只讨论爱与不爱的女人，你爱吗？

或许，只有做朋友才能一起走一辈子；也许，真的只有隔着那或远或近的距离才能走到最远的地方。做了恋人，反倒不能无话不说了。当彼此成为对方的情人时，当初的一切都变了。爱人永远没有红颜知己来得动人。

我也依然爱你。爱你已经成为一种习惯，成为我身体里无法分割的一部分。但是，这种爱已盲目，已贪婪，已然无趣也无意义。我在大姚果断离婚的那一刻，果断清醒。亲爱的苏阳，我们分手吧。给你，也给我幸福；给你，也给我自由；给你，也给我更好的故事。

我从什么时候开始想要离开你的呢？从聊天中出现沉默那时候开始的吧。苏阳，我的笑话都讲完了，没法逗你笑了；我的梦想都说完了，没法跟你进行思想交流了。所以，放你走吧。好吧，我承认，朱琳是我选择离开的一个因素，也是最重要的那个因素。我没法宽容，没法大度，没法做你最熟悉却最陌生的女朋友。亲爱的苏阳，我是陈曦，但已经不是当年那个陈曦了。认识你的这两年零七个月和跟你恋爱的这两年零四个月，我彻彻底底地被改变了。我要离开你，我要找回我自己，至少做个真实的我自己。我有点乱了，放我静静。

2011年2月2日，农历腊月三十。这是我离开你之后的第一个除夕。天气，雪。北方的小城里路面上盖满了薄薄的雪，风不大，但特别冷。街上挂满红红的灯笼，然后传来远远近近喧闹的鞭炮声。

苏阳，我原以为，我们会与众不同，可我们终究不过两个俗人而已。想起米莱最终放弃陆涛时说的话："我原以为我很特别，他也很特别，可现在我懂了，他特普通，我也特普通。"我拉苏安去曾经和你一起唱歌的 KTV，唱孙燕姿的歌。

  我怀念的/是无话不说/我怀念的/是一起做梦

  我怀念的/是争吵以后还是想要爱你的冲动

  谁爱的太自由/谁过头太远了/谁让爱变沉重

  谁忘了要给你温柔

他们说，人在 23 岁之前的恋爱都是幼稚的，23 岁之后的爱情才是成熟的。苏阳，我们用了两年零四个月上了一个爱情培训班，来为以后那成熟的爱情打基础。但是，我学会了什么呢？我不知道，我只是很简单地遇见你，又很简单地放你走。兜兜转转，不过回到原点。

唱孙燕姿的歌很费嗓子。我终于还是撑不下去，把话筒扔在一边。苏安接着唱：

  我放手/我让座/假洒脱

  谁懂我多么不舍得

  太爱了/所以我/没有哭

  没有说

"苏安。"

"嗯？"

"其实，我不爱他。"

苏阳，我不爱你。

红　豆

　　深秋的夕阳像醉人的红酒泼洒在西方的天空，微风吹动校园里藤蔓的叶子哗啦啦作响，校园里的小路安静又透着生气，空气里充满北方特有的味道，熟悉而又有些新鲜。脚下是走过三年的路，教学楼办公楼是旧日的样子，陈曦总觉得办公楼的哪扇窗户那里一定贴着一双狡猾的眼睛，死死地盯着她和苏阳。与以前不同，她再也不必害怕班主任那尖锐的目光和辛辣的话语。苏阳紧紧拉着她的手，光明正大地走在高中的校园里。

　　"等一会学弟学妹下了课，我就还这么拉着，羡慕死他们。我得告诉他们，早恋这事得尽早，越早越好。"苏阳冲着陈曦一脸的坏笑。

　　"那你刚才在给学弟学妹做演讲的时候怎么不说啊！"

　　"我跟你说，这道理讲出来的都是虚的，做出来的才是真的！行动证明一切！"苏阳把拉着陈曦的手的那只手举得高高的。在两个人紧握的手的后面，陈曦看见西方的太阳红得沉闷而热烈。

　　"陈曦，你说，你觉得幸福吗！"苏阳搂着陈曦眼睛里闪耀着亮晶晶的光彩。

"幸福。"

"你说，这条路除了跟我走过，还跟别人走过没有！"

"没有。"

"说实话！"苏阳的声音假装出强硬，他故意粗着嗓子装作生气的样子，"快老实交代！我都已经知道了。"

"知道什么？"

"在跟我好之前，你是不是还有一个男朋友，说！"

苏阳笑得像夏日的阳光一样灿烂，他看着陈曦的眼神像一个天真灿烂的孩子。

"嗯。有一个，可他不是我男朋友，他是我最好的朋友。"

苏阳拉着陈曦的手一直走在高中的校园里，陈曦开始讲起很久很久以前的故事。

"他是我初中同学，只是我们不在一个班。那时候我有一个朋友很喜欢他，找他表白过可是被他拒绝了，他喜欢我们班一个女生。但是他跟那个女生也好了没有多久就分手了，因为那个女生跟别人好了。

"高一的时候我们是普通同学，一年下来也没有说过几句话。那时我坐前非而他坐得特别靠后。后来高二我们按成绩安排座位，有一次我考得特别差，跟他成了前后桌。座位换好之后我心情特别不好，他笑话了我一句把我惹哭了，后来花了一节课来跟我道歉。我们那时候不敢上课说话，道歉就靠传纸条，来回传纸条。

"后来他过生日，请我一起去吃饭，就是在食堂订一堆菜然后偷偷买来好多啤酒。我不喝酒，然后我就跟我们班一群学习最差的男生一起吃了一顿午饭。午休没回宿舍，被班主任查房查到，我就跟老师说我在教室上自习，老师说教室没人；然后我又编谎话说我家长来看我，然后班主任又要拿出手机给我爸打电话。从那时候开始我就跟我班主任结下了梁子，我高中三年都是过着水深火热的日子。

"后来我成绩变好了之后我的座位就又到前面去了，他还是老在最后面。我们不能上课传纸条，就一天一封信，就是那种用彩色的信纸写成的信，一天一封，相互交换。那时候我们不会当面给，由他最好的哥们帮我们每天传信。写的什么我都忘了，内容都特别简单也特别单纯，现在想想都不记得当初是写了些什么，让我们那么有动力一直坚持着写。我也奇怪怎么会有那么多的话说不完。

"对了，我记得他会给我抄好多笑话。至于其他的我真是不记得了。

"后来我开始叫他'哥哥'，我都忘了怎样开始的大约就是个简单的玩笑开始的。那时候我们信的开头是'G'和'M'，就是'哥哥''妹妹'的意思。班里很多情侣都闹得沸沸扬扬，但我们之间的事情很少有人知道。当然，我们也不是情侣。

"晚自习下课之后操场上总是很热闹，我们有时候也会一起去走走。那时候他先从教室后门出去，我就跟在后面保持着远远的距离，一直到操场上之后才会一起走。操场上特别黑，我们就沿着跑道走一圈或者两圈。有时候会撞见藏在角落里接吻的情侣，然后我就会拿那些情侣打趣。我们就那样保持着很小的距离一起走着,现在回头想想,当时怎么会那么单纯。

"后来班里又流行半夜去教室约会,好多对情侣都大半夜一两点到教室去约会。他总跟朋友一起在教室玩,有时候会在给我的纸条上写上:一点我在教室。我去过,但是总是碰不着他的面,总是遇见其他在教室玩的男生,我就会装作一副热爱学习的样子拿出书来补补笔记。而大部分的时候我总会睡过去,等我一睁眼都该上早自习了。我们只有一次遇到了,他搬个凳子坐到我的桌子旁边,然后拿起我的课本帮我补笔记。那天我们在一起待了多久我不记得了,说了什么我也不记得了,我只记得他一直低着头帮我补笔记。那天的教室里还有一两个其他什么人。

"他不是个好孩子,经常和那些坏学生一起跑出去上网。我记得有一次下了晚自习,隔壁班的一个坏学生到班里来找他,我当时非常严厉地告诫他:'近朱者赤,近墨者黑。'现在想想我觉得我当时的表情一定非常搞笑。那时候他每次出去上网我都会非常担心,听到大家议论说有人在网吧里被老师抓住就会非常紧张。第二天上课时他经过我课桌旁的时候,我就会问他说昨晚没事吧,他就一笑说没事。听以前喜欢他的那个初中同学说他的眼睛特别漂亮,看人一眼就会让人喜欢上他。后来我也发现了他的眼神特别深邃,还带点哀伤,但我没因此喜欢上他。我觉得他笑的时候特别真诚。他经过我座位的时候总会跟我说句话,有时会说'明天带香蕉给你',有时会说'嘿,笑一个'。我有时也会故意走过他的座位,也偷偷跟他说一句话,就像做贼一样,小心翼翼生怕被别人发现。他跟我说要我好好学习。他说他不是个好孩子。

"后来他转学了，因为他妈妈做生意所以搬家了。他跟我讲过他的故事。他的妈妈是个女强人，他从来不知道爸爸是谁。他的后爸来学校看他的时候，别人有时会说'你爸来了'，有时会说'你舅舅来了'，他都笑笑从来不辩解。

　　"他转学之后我就开始带手机，我们每天都会打电话，说的什么我都记不得了，只是每天打每天打。我记得有一次我生病了躲在宿舍赖着不去上课，他特别生气地骂我：'你傻啊，干吗不去看病！'他有时候周末会来看我，隔着学校的大铁门给我送很多好吃的，有时候会带本书。有一次还送我一条红色的围巾，我一直没戴过，高三毕业拿回家之后跟我妈说是好朋友送我的毕业礼物。后来，我开始喜欢上你，我跟他说过，我说重新分班之后我喜欢上一个男生。他说了什么我忘了，只是有一次打电话时他吼了我，他说你能不能不老提他啊！我说好。

　　"我是个挺无赖的人，我说你只能认我一个妹妹，他说好，只有你一个。后来他一直很认真地跟我说他只有我一个妹妹。后来，我半夜打电话时被老师抓到了，老师没收了我的手机，并且挖出了我们之间的秘密。班主任以为我们在谈恋爱，她说你跟他不是一路人，她说他再缠着你我就帮你解决。班主任打了我一巴掌，她说带手机干吗呀躲在没人的角落里说一些见不得人的话是不是啊。这么多年来，我每次想到这句话都会觉得恶心。她以为所有的男生和女生之间的感情都像她想象的那样肮脏。我觉得心灵肮脏的人看什么都是不干净的。我一直讨厌她，当然她也不喜欢我。后来，我跟你在一起之后她就更讨厌我了。

　　"再后来，我就不理他了。除了班主任的原因我觉得可能还因为你。那时候我开始喜欢你,我开始慢慢知道喜欢一个人是一件多么欢欣鼓舞的事情,我开始为你兴奋得不知所措手舞足蹈。然后我就开始不理他。他总是给我打电话,我总是不接。然后他问我怎么了,是不是我父母知道了什么,是不是影响了我的学习。后来,我把手机给了你,让你接到电话就帮我吓唬吓唬一直骚扰我的人。后来有一天你说你接了电话,你没说话他也不说话,沉默了很久之后,你喂了一声他就挂了。那天回去我哭了好久,我从没跟人讲过那是什么样的感受。后来我们打通了电话,我哭得声嘶力竭,我叫了他一声'哥'。那是我第一次开口叫他哥,也是最后一次。

"第二天旦上他发短信给我,他说他外婆去世了,也失去了唯一的妹妹,他说那是他最难过的日子。看着短信我摔了一跤,看看旁边没人我就站了起来。那天是周一,我走着去参加升旗仪式。

"后来他给我发过很多短信,我都没回过。他从来没说过喜欢我,也从夹没说过什么见不得人的话,他就是知道我过得好就会开心,知道我对自己不好就会生气。他后来只是有一次拨通我的电话对我唱《比我幸福》。他是最爱我的人,也可能是我最爱的人。我那时候多单纯。"

陈曦停下脚步抬头看着苏阳。苏阳的表情早已没有刚才的神采和灵动,看见陈曦看他,苏阳又佯装笑意,像他平时那样捏捏陈曦的鼻子说:"傻瓜,你不知道跟现男友谈前男友是大忌啊!"

夕阳从浪漫铺张的红酒变成了一丝一丝狼藉的血红,秋风猛地刮来一阵,把树叶吹得哗啦乱响,苏阳的衬衫灌进了风,涨成一个大大的皮球，在陈曦和苏阳之间横亘着夕阳直指下来的刀锋，亮闪闪的，寒气逼人。丁零零下课铃响了，上了一下午课的孩子们一窝蜂跑出教室冲向食堂。苏阳抱住陈曦，说："咱俩也赶紧去抢饭吧，一会排不上队了。"陈曦窝在苏阳的怀里，像是一下子回到两年前，想起那时的秋天和苏阳一起下课去吃饭的场景。那时苏阳总是跟着自己的脚步走得很慢，偶尔离得近的时候偷偷拉上手，心里七上八下脸上还要装得面无表情。陈曦突然觉得自己又像回到了那时候，和苏阳一起走在这条路上，走啊走啊怎么都走不完。陈曦像看见了当初的自己，剪个蘑菇头，穿双白色的平底鞋，拉着苏阳，一蹦一跳地往前走去。她突然看见这满路走向食堂的男男女女都变成了当年的陈曦和苏阳，一群一群的蘑菇头。

"小曦，你怎么了，怎么哭了。"苏阳把陈曦轻轻抱在怀里，又轻轻帮她擦擦眼角："你别告诉我你想你那前男友了啊，不带这样的啊。我可要生气了。"

陈曦张张嘴说："他不是前男友。"或许是情绪激动造成了哽咽，陈曦的声音并不清晰。苏阳皱了下眉："你说什么？"

"我说，我们分手吧。"

苏阳愣了一下，没说出话来。

"我看见你们在一起了。"陈曦这句话一说完，苏阳的手立马松了开来。过了好久，苏阳说："小曦。"

"我们分手吧。"

阮郎不归

老凌跟唐一菲结婚了。

苏阳,你还好吗?

那时候你陪我看大姚做节目,杨澜让她谈谈七年之痒如何能保持爱情新鲜,我说你看你看大姚其实在苦笑,她跟老凌不幸福。你从手机屏幕上移起眼睛,看了看电视说,这女的嘴真大。

后来,那期节目还在播,老凌和大姚就领了离婚证。贴出一张公告,上面写着"我们仍是最亲的人"。

后来,我说苏阳,我们分手吧。你说,你听我解释。

我也是今天偶尔翻开日记,发现曾经的日子里点点滴滴全部都是你,才又想起了你。我也是不小心又见到了你写给我的情书,才又无法抑制地想起你。

苏阳,你说我儿子叫苏什么来着。

我一定是闲极无聊了才会想找一本高中时的旧书翻着来看,从柜顶的箱子里翻来翻去,书没翻着,却把你全翻了出来。掖在箱子缝里的几张信纸,我一看见心就沉了。

其实，分开之后我把你的信都扔了，撕成碎片，冲进了下水道。只是这残留的几封因为年头太久，竟混迹在高中的旧书箱子里留到了现在。你猜，你都写了些什么。

人一定都要向前走，不要往回看。旧事重提，总是让伤疤再添一道皱纹，丑陋而刺眼。拿着你的信，是打开还是扔掉，打开还是扔掉，想了很久，终于把它们又放回箱子，放回柜顶上。可能有一天我能足够坚强来拨一拨旧日的伤口，再可能有一天我能足够成熟能微笑着原谅所有的伤害。

苏阳，你说过你爱我。

吉他学过了。只是终是没学精，甚至是和弦转换手指都能乱成一团。想起你能坐在台阶上抱着吉他唱《彩虹》，我特别喜欢那单纯而温暖的日子。干净得一尘不染，像是假的。

绿茶不喝了，我终于慢慢相信食品添加剂吃多了不好。难过的时候再也不喝可乐了，改喝啤酒了，喝完跟当初喝可乐一样，翻江倒海地吐；而喝可乐跟喝白开水似的了，什么反应也没有。

换了新的QQ号码，旧的上面还留着所有你为我写的故事，不敢再读，连打开都不敢。你送我的礼物不敢再动，摆在橱窗里像是尘封多年的木乃伊，一动便是一个魔咒。我虔诚地畏惧着所有关于你的一切，锁在一个角落里不去触碰，就像是它从来不曾存在过一样。日子仍然是活色生香风生水起。

但是，苏阳。

比起物是人非我倒更怕物非人是，故地重游万物俱新却与旧人遇。

旧时的校园拆了当年住了三年的宿舍楼，一片瓦砾残石，新起的楼房里搬进新的人,一片生机勃勃。旧时的宿管搬进了新鲜的楼,却仍然是旧时的模样,连苍老都没见一分,那光景就好像昨日还见过,还怒气冲冲地批评过我违反纪律,还喜笑颜开地收过我的零食费。我一个走过校园里当年走过成千次的路,还记得哪个位置哪个角度传出过你的声音。校园里当年的路还在,操场还在,甚至开过会的阶梯教室仍然像是一推门进去就能看见熟悉的脸,看见你冲着我笑,能有你张开双臂给我一个拥抱。

直到熟悉的背影闪过我的眼睛,那一刻我觉得世界震了一下。我迫不及待地追过去,希望是你希望是你希望是你。然而真的是你,白色的T恤,清秀的背影,就像是昨天还在我身边的那个样子。我又那么怕那真的是你,我仓皇转身。

然而绕了个圈平复了心情,却抬头遇见你的正脸。我想象过一万种方式再次遇见你,这是最狼狈的一种。我看着你,那眼里我读不出是什么样的言语。杨怡满脸是笑:"嗨,陈曦。"我满脸是笑:"嗨。"你的手握在她的手里,我看了觉得心情空空的却透不过气来。我说:"我还有事先走了。"转身离开。我想起很多年前同样的场景,我走没两步就能听见你在身后叫"陈曦陈曦"。然而这次我一直走一直走,每一步都像提起一个希望,又落空一个希望,升起,又破灭。然而,当"陈曦"真的响起的时候,我又像触了电毅呆若木鸡,我转头,杨怡笑着问我:"一起吃个饭吧?好久不见了。"正对着太阳,光线刺得我睁不开眼睛,可是我觉得那么大的光晕里我看见你在笑,越笑越夸张,成了巨大的泡泡,向着我飘啊飘啊。我转身就走,觉得脸上着了火一样热,我像个不战而败的逃兵。你知道吗,那一刻我好希望有一个人能出现在我身边，坚定地拉起我的手，那样我就可以坚定地看着你，微笑望着你，欣喜地邀请你，炫耀地请你吃顿饭；那样我就不用这么多年之后依然是这般狼狈地逃窜，毫无骨气。

兜兜转转这么久，终于我是那个局外人。你们在一起过得好吗，幸福吗。苏阳，你爱她吗。以前我问过你，我问你喜欢杨怡吗，你说，不喜欢。全世界都说她喜欢你，全世界都冲着你说"杨怡啊杨怡"，可是你说陈曦，我喜欢你。我便信了你。你拉起我的手的时候，我觉得别人说什么都抵不过你说你喜欢我。

分开之后，我以为我忘了你。我不触及任何有关你的东西，小心翼翼地逃避着，我也就以为自己是真的痊愈了。直到听到别人口中你的点点滴滴，听到谁帮你洗了衣服，谁同你看了电影，听到心酸至极，我才知道，那伤口摆在那里依旧新鲜。我口口声声说着我没事，我笑着跟所有人说我们好聚好散，我开朗大度地说我祝福你，直到你最后终于牵了别人，见了我。

世界挺大的，很多事情曲曲折折想要找个机会解释明白说个清楚，却怎么也绕不到同一个时间地点来得到机会。世界挺小的，很多事情你躲之不及避之无力，该面对时却总是逃不掉。当初你说陈曦陈曦，我们谈谈；你说陈曦陈曦，事情没有到那么糟的地步；你说陈曦陈曦，我等你想明白。

苏阳，你欠我一个解释。

只是今天，你牵了别人的手。我已不必再听，你也早不需解释。

我们都欠了彼此的债，我欠了你宽容，你欠了我等待。只是时间终于能摆定秤砣，负负得正，正负归零，早晚有一天，我能牵了另一个人的手,再想起你时心再不会疼。

可我仍然不能忘那样一个男孩子,在我最黯淡的时光里,扶持我,帮助我,给我照亮失意的温暖。据说每个女孩,不能忘的都是让她笑的男孩。苏阳,你的笑曾经明媚了我那么久的时光。你说,陈曦,你是第一个让我哭的女孩。然而苏阳,再也不会了。我再也不会那么任性,你也再不会那么单纯。

  天边金掌露成霜,云随雁字长。
  绿杯红袖趁重阳,人情似故乡。
  兰佩紫,菊簪黄,殷勤理旧狂。
  欲将沉醉换悲凉,清歌莫断肠。

你教我的第一首词,词牌名叫《阮郎归》。

谢谢你的爱情

苏阳，我这里下雪了。

南方的雪很少能下这么大，白茫茫的，我一直在沿着路边没被人踩掉的雪走路，我走去考场。这场考试我什么都不会，我就是耳朵里塞着耳机一直在听苏永康的《流水落花》，然后拍下远处山峰，它们被雪覆盖成更加沧桑的颜色。你说过，你想和我一起看雪，然后走到白头。

我最爱听你给我讲的那些一点都不好笑的笑话，我会笑。我最讨厌你生气不理我时的骄傲，我会哭。我想你一定是我最爱的人，而我不一定是你最在乎的人。不是你不爱我，而是在你漫长的一生中你还没遇到你的百分之百女孩。我不是，可我爱你。

我们上次分手的时候，我疯狂地哭，我一直在想为什么我生命中那么重要的人突然就变得与我毫无瓜葛。我觉得生命像是被掏空了，突然被抽去了支撑我整个生活的支柱。我那时候无比害怕，我已经彻底失去了理智。后来我们和好了，像是重新开始了一次新的旅途，上次的问题都变成了过去，我们开始重新相互夸奖与赞美。只是，现在，我们终于是回不去了。

我眼泪掉不下来的那一刻我就知道，这次是真的结束了。

其实，我发现一个规律，所有分过手的情侣和好后最后都仍会分手。我早就想说，但是当我们那次和好之后我以为这是一个谬论，现在证明这是一个普遍真理。

我们为什么会分手？我一直在想这个问题。我一直以为我选择了你是我最大的成功，因为我选了一个我深爱的人。后来我发现，你跟我一样，在爱与被爱的选择题中，你也选择了爱。我不怪你。

苏阳，其实你骗我很多事情。我都知道。

情人节的时候你说你有事不能陪我，我都理解。但是我知道你没事，你只是躲在角落里喝闷酒，你觉得你不爱我。

那天你喝疯了跟我说，或许我不是你想找的女孩。

那一刻，我哭了。其实我一直都知道，我不是你的百分百女孩。所以走到现在，我也很知足。我也不想在爱情里永远是委曲求全的角色。你有你的选择，我也有我的骄傲。

南方的冬天特别冷。

我想你不知道，曾经我为了你而离开另一个人。现在你又为另一个人离开我，我不抱怨。

我觉得人生就是这样一个零和游戏。我欠了别人的，我还了你；而你欠我的，终究会还给别人。我都不抱怨。

我只是很感激我曾经那么勇敢地爱过你，发过疯，我觉得很知足。我爱你，从来都是一件与你无关的事情。我爱你，是因为我爱极了心里那一种感觉，我愿意为了我心里的那种感觉那个声音而奋不顾身。或许那并不是爱你，我只是爱极了自己，也喜欢折磨自己。

和你在一起的那些日子我都觉得很开心。至少今天回忆起来我觉得是幸福的。你愿意包容我的每一个缺点，愿意原谅我每一次的无理取闹，我都很感激。但是或许你的宽容和成熟，都是因为你不爱我。

你之于我，是一个伟大而生动的对象；而我之于你，与这世界上千千万万个其他女孩子没有任何差别。其实，或许换一个人牵你的手，换一个人向你生气撒娇，你都能用同样的宽容和成熟去温暖她。我之于你，就是这样千千万万中的一个，没有任何区别。

我曾经那么卑微。然而我曾经那么幸福。我想我是沉浸在一种自我折磨的幸福中无法自拔，又或许让自己在疼痛里一次一次地清醒是自我实现的一种极端的方式。

我开始不想你，但是我时时刻刻都在想你。

我开始清醒地意识到这是一场毫不美丽的精神挫折。我很庆幸，它终于结束了。

我从来没有想过我已经不能爱上别的人，因为你教我如何去爱上一个人，然后离开一个人。南方的夜冷得可爱，你在北方的温室里与我通着最后一通电话，我想你心里一定想着另外一个人。

你一定厌倦了我这样一个毫无生气的存在，你心里一定描摹着一个让你欣喜而又充满活力的样子。她一定存在，尽管她对你不一定有与你对她同样的感觉。每个提出分手的人都在心里有一个潜在的第三者,这个人不一定与他有什么关系,甚至不一定讲过几句话,但一定有这么一个人的存在,才会让他分手时这样斩钉截铁,这样毫无回转的余地。

因为有另一个人能给你生机和活力,所以你才厌倦了我,而不是我让你厌倦了,你才会意识到生活中另外的美好。如果永远不出现这样一个比我更好的人,那么你永远不会舍得放下我。其实,我比你还明白。

苏阳,我爱上你时,你有着最干净的衬衫和最阳光的笑容。我后来想想,或许从我第一眼看见你的时候,我就被激发了新的希望和活力,就像你现在这样。或许很久很久之后,你牵着另外一个女孩的手的时候,你会突然意识到,或许你见她第一眼的时候你就觉得她与众不同,你才与我这样斩钉截铁地分了手。

我从来没怕过分手。可能你不知道,其实女孩在心里总是会有许许多多最坏的打算的,女孩习惯了在自我摧残中度日。我曾经幻想过无数次与你分手的场景。我想过哭成泪人,然后打你电话跟你说很多让你跟我一起断肠的煽情话;或者是蹲在大马路边喝上好几瓶啤酒然后大喊你的名字;或者找一撮人到什么地方去砸砸场子;再不济立马找个男人拍很多亲密的照片发给你。

我有这些想法的时候都是我爱你的时候。现在我发现生活只是突然回到很久很久以前的模样了。我开始喜欢很久以前喜欢的东西,开始有很多朋友,开始喜欢穿我喜欢的衣服,开始随心所欲地生活。

我终于知道,你是真正地离开了,而且再也不会回来了。这世界像偏离轨道绕了一圈之后,又重新回到它正常的样子。

我爱够了，因此也没有什么遗憾。我在青春里这么肆无忌惮地爱了一次，我觉得我是幸福而满足的。我爱的不是你，而是我的张扬恣肆，是我愿意毫无顾忌地去让生活来摧残我的内心和感情。我爱的是被爱情折磨时我的眼泪和难过，这个爱人可以是你，也同样可以是其他人。如果那天阳光下穿着白衬衫灿烂地笑着的是其他人，我想我也会疯狂地爱上。他也会像你这样包容我体谅我，然后这样离开我。我同样会哭得死去活来，爱得轰轰烈烈。

　　我一直以为你是我的百分之百男孩。现在我想通了，你不是。你只是恰好是我十七岁那年爱上的男孩，于是你灿烂了我整个最单纯美好的年代。这个人是你或者不是你，像你或者不像你，爱我或者不爱我，都不重要；重要的是我曾在这样的年华里爱过一个人，完整了我自己的青春。

　　这便是我爱你的意义。

　　我一直说谢谢你爱过我，其实我最感谢的是我爱过你。

　　这段日子教会我什么或者带给我什么，我都无从计算也无从谈起，但是我知道我没有后悔过。我曾单纯地喜欢过一个人，我喜欢他仅仅因为我喜欢他。也许从今之后我再也不会遇见这么单纯感情，因为生活已经把我变成了不再那么单纯无知的自己。我感谢我在我最单纯最浪漫最天真的时候让自己有过一份感情，让自己体验过因为爱而爱的一段人生，没有掺杂任何现实和物质，没有任何人的干扰和涉足。我非常感谢。

　　而不是感谢我爱的是你。我无法感谢，因为至少你是心里有了另外一个人才会这样义无反顾地离开我。

　　谢谢你给的爱情，但不是谢谢你。

你说，你是我的什么颜

"好累啊，感觉不会再爱了。"

"爱个屁，快点起床学习去！"

大花是个好人，每天当我在床上睡得醉仙欲死的时候，总会摇响我的手机跟我讲讲社会主义新时期的好少年应该做的事情。我不爱学习，在成绩单出来之前和之后的任何时刻我都是不爱学习的。学习这东西就像是女朋友，你若认真待它你会觉得生活充实而有趣，但时间长了它总是在你生活里阴魂不散你就觉得这真是烦躁极了；但你若是真的丢掉它，生活倒又是空空荡荡百无聊赖，而且关键时刻人家别人都有的显摆的时候，你手头的惨不忍睹又是一番伤心景象。关于我这一番学习论，大花白我一眼，倒拿起一本练习册，胡乱翻开一页："老娘还要考托福呢。"

关于我喜欢大花这件事，至少所有认识大花的人都是知道的。到了大学我还能这样单纯地喜欢一个姑娘，而且还怀着惴惴不安的心情不敢表白，也算是我仍是新时代好少年的标志了。大花知道我喜欢她，可是大花不喜欢我，这也是她周围所有人都知道的事情。大花不喜欢我的原因是我太幼稚，幼稚的巨蟹座小男人。她是大叔控，看见满脸络腮胡子挂领带穿皮鞋叫她"宝宝"的老男人恨不得马上就嫁给人家。听说女生都对叫她"宝宝"的男人没有招架之力，据说叫女生宝宝的男人是成熟的，胡扯！全世界的帖子都这么写了，傻分分的男人也会这么叫，这能证明个屁！我在这么说的时候，大花又说我幼稚了。我就不叫她"宝宝"，我觉得这么叫了就等于向百度上的弱智帖屈服了，我叫她"亲爱的"。每次打字"亲爱的"后面还一定要加上一个波浪号。我觉得我是认真甜蜜得不行了。大花还总是跟别人说，唐文太幼稚。

有没有那么一个人，你知道她并不是喜欢你，你知道她找你是为了让你给她帮忙，可还是她一个电话说什么你都说好。我就是习惯了给大花做苦力，她打电话来说"小唐文，你要不要去逛超市啊"，我一定会说好，就算我上个星期跟她一起去买的各种零食都还堆在桌子上吃都吃不完。我们去超市远没有人家小情侣去超市那么甜蜜，人家小手一挽搂搂抱抱就去超市了，小碎步走下来每一步都是甜蜜的，我陪大花去超市，就是我打的我推车我拎包我送她回宿舍。但我跟大花之间的故事并没有凄惨到一把鼻涕一把泪的程度，大花还是很爱我的。我叫她"亲爱的"，她也会"嗯""嗯"后面一定还要加上个感叹号。晚安之后一定会给我加个"么么""么么"之后一定要有个波浪号，一波一波的，飘啊摇啊我心花开了一地。大花是喜欢我的。

大花有喜欢的男人。大花有男人。我一直知道。大花大大的黑眼睛、漂亮的红裙子、嘎嘎叫的高跟鞋是老男人都爱的。我也爱。我喜欢大花妆化得美美的，脸是白的，嘴是红的，眼睛一闪一闪的，大耳环晃悠晃悠，大裙子在风中吹啊吹啊，她也就跟着风摆啊摆啊，摇啊摇啊。我说，花花，你看你那大腿粗得都能当教学楼的柱子了。大花就瞪着她那戴着漂亮的美瞳的大眼睛说，腿粗怎么了，我腿粗怎么了，腿粗不得心脏病，腿粗底盘稳，你们北方风那么大，腿粗才能不被风吹走！我就笑话她，我又没打算把你带回北方，你想那么多干吗。滚！大花说滚的时候气愤的语气里总有那么一丝独特的韵味。我跟她说过，于是我就又得到一句——"滚"。

我没承认过我喜欢她。有人问过我，你是不是喜欢大花啊。我说，不是啊，我有喜欢的人，是我高中同学。我是有喜欢的人，非大花以外的人，高中同学。清纯漂亮，不化妆，穿白T恤、白色运动裤，学习成绩跟一般人比有点好，不爱跟男生说话，一笑甜得我想哭。我有她QQ，有她电话，还费尽心机地搞到她的家庭住址、联系电话、大学宿舍楼在几栋几层几零几。我是真的忘不了那么干净澄澈的姑娘，黑色的头发长发飘飘。每次想到这里的时候，我都会瞅着大花那或黄油油或红油油偶尔绿油油紫油油的头发说，你看你那毛，跟扫把似的。大花就会说我没有欣赏水准没有时尚眼光。

我对大花除了有着很深的喜欢之外，我们之间还有着无比深厚的战斗友谊，她帮我喊到，我帮她写作业。在大学里，能有这般配合得天衣无缝的战友简直是人生最美妙的事情。上次我一个激动拎着包烟花三月下江南十日游了，游着游着就把手机游丢了。等我回来新买了手机之后，发现短信、QQ、微信、豆邮全是大花的踪影，她甚至在我不轻易以真面目示人的微博上艾特我："你要是再不回来，老纸就不帮你喊到了！老纸就要公布你的身高体重年龄三围和处男身份了！"然而她说到却没有做到，我失踪十日，并无一位老师决计要和我谈谈，也并无一位老师在我的出勤表上画个叉叉。所以即使大花是不爱我的，我也觉得陪她去逛逛超市减减肥笼络一下她也是极好的。

  我跟大花是吵架的，而且是时常吵架的。吵架的原因各种各样五花八门，记忆最深的一次是我说她前男友的前女友比她要好看，她就把我审美无力有眼无珠以及学习成绩不好画圈不圆各种有的没的事情一起拿出来骂。话说当时我就生气了，他前女友比你好看又不是我决定的，人家前凸后翘眼睛放光，小腿细得跟筷子一样走起来走得人心旷神怡的你生气个屁！就为了这么点事，大花就好几天不跟我说话，不帮我喊到，自己写作业，自己去逛超市；还找了个妞一起去逛，结果那姑娘柔弱得要大花帮她拎着大袋子晃过了天桥才能乘公交车回学校。有时候我还挺佩服大花的倔劲，倔到最后，决定跟我和好之前一定要我承认她前男友的前女友腿比她粗。我至今觉得我为了在宿舍多睡一个好觉而污蔑了如此美好的一双筷子腿简直是极大的罪过，又觉得跟自己心爱的女生谈论她深爱的前男友还要眼睁睁地看着她吃醋伤感却得装大尾巴狼实在是太没有男人的尊严，于是暗地里好几次给大花写作业时复制粘贴了百度第一篇文章充当她的论文。但生气的是老师却并没有给她的论文打个低分。于是我也就一直不算泄掉了心头这一口怨气，至今说起来仍觉心头不快。

总体上来说，大花还是很强悍的，其他姑娘总是有事没事就梨花带雨四十五度角望天空柔弱似重症肌无力患者一样瘫倒在男人宽阔的怀抱中，大花却从来不，至少对我不。但大花也是柔弱的，就像工作上是皇帝生活中是妖姬的泡泡沫偶像剧女主角总是会特别无力地吐槽的那样：再强我也是女人啊。只是大花从不这么说，这让我特别喜欢她。你是什么样不是你说出来的，就像大花说她身材好得跟超模似的，我闭着眼睛也知道这是胡话。

大花连续两天不帮我喊到之后，我决定要跟她谈谈了。打通电话之后，我说花，你怎么不来上课啊。她说，我不想去。然后我就说，你不想来可以啊，我得找人帮我喊到啊，你怎么能这么没有社会主义高尚情操呢。她说，情操个屁。我顿时就无语了，连社会主义道德观都不能激起大花的热情，那什么还能召唤起她对我的爱呢。我说，丫头，你在宿舍吗？她说，没有。挂了电话我就觉得不太对劲。当我午觉正睡得酣畅淋漓的时候，大花发来短信说我在哪哪，你过来吧。我打了个的，忽悠一下就过去了。

不好不坏的房子，就她一个人。穿个大睡袍子，坐在地上看电影。我说你素颜真丑，赶紧起来捯饬捯饬，弄得跟个弃妇似的。我说这么好的天，要不出去逛逛街，买件新衣服什么的。我说了半天，大花抬头看了我一眼，我看见她眼里有眼泪，泪盈盈的，那一刻我觉得心里软了。我说，你不戴美瞳眼睛也这么好看啊。然后大花说，陪我看电影吧。我就坐在地上，跟她一起看摆在沙发上的电脑里呜里哇啦演着的《春娇与志明》。

余春娇说，我一直试着摆脱张志明，直到有一天我发现我成了另一个张志明。大花靠着我的肩膀，眼泪啪嗒落到我的领子上。房间里冷气开得十足，放在身边的冰淇淋却化了，流出杯子流了一地。

厨房里有撒满水果的比萨，烤好的面包，巧克力冰淇淋。我说看不出来你还挺贤惠。大花说，我上得厅堂，下得厨房，滚得了床单斗得过大房。我在厨房听不真切，最后一句或许是听错了。大花坐在地上靠着沙发，指着地上花了的冰淇淋说，把这个擦了。我说又不是我的房子，我擦它干吗。大花想说点什么，然后突然蹦起来，也不是我的房子！于是她就把桌子上乱七八糟的都扔在地上，噼里啪啦，很是热闹。我说要不要我帮忙，她说，混蛋，放下我的化妆品，扔别的！看着大花，我总有一种冲上去抱住她的冲动，可是我没有。直到现在我再回忆起来还在想，如果让我退回到那个场景，我会不会抱住她；我会不会说，亲爱的，不哭不闹不值得。

晚上我们点了外卖，送餐的到楼下时，她说你下去拿。我说你去。她说我这个熊样怎么出去见人。我说没事啊，挺好的。她说好什么啊，我化妆至少要二十分钟。我说，就是个送外卖的！你要化什么妆！你见我怎么不化妆啊！她甩着乱蓬蓬的头发说，见你化个屁的妆啊，快点下去给我拿外卖要不然你今晚没饭吃！

回来的时候地上摆满了红酒瓶子。十块钱一份的外卖盒子就着高雅的红酒，我俩坐在地板上像两个疯子。她话越来越多，我知道她有点醉了，我也知道她并不是完全醉了。她说，我不爱他，一点也不爱他，滚就滚了吧。她说，唐文你个兔崽子，我就喜欢你屁话也不说这样子。我也醉了。我酒量不大，却能醉了还管住自己的嘴巴，这是小唐文唯一大气的地方。大花把酒瓶子一扔，酒瓶啪地碎了。她盘着腿，挂着脸蛋，傻傻地瞅着我，一动不动。后来，她说，你去洗洗吧，看你那样子。她把我推进卫生间说，快去洗干净了，一身的酒味。我洗完澡，顺手拿起男式的那件浴袍，拿在手里觉得恶心，又放下穿上自己的衣服。大花把我拉到她的衣柜前要找件衣服给我穿，她晃晃悠悠地拿出一条丝袜，这个好看吗？我知道她醉了。可我自己也醉过，我知道即使是醉了其实也是清醒的。她抱住我，懒懒地抱着，死死地抱着，然后就瘫倒在了床上。我就那样看着她，她眼睛半眯着，脸有点红红的，瘫倒在床上。她素颜真的不好看，但是我后来却怎么也忘不了那天她的样子，我觉得她脆弱得像一只受惊的兔子，我想保护她，可却没法往前走一步。

她的眼睛很大，眉眼处的泪痕仍在，看着心有点疼。她突然瞅着我痴痴地笑，她说傻唐文，傻唐文。后来她说你回去吧。我说你没事吧。她说你赶紧回去吧。我说我等你酒醒了吧。她说，你不要留下。我被她推出门，我觉得我应该留下，却也的确不知道自己为什么该留下。我说，丫头，好好的。她说，你个傻瓜，不许叫我丫头！

回去的时候，车窗外的夜色很浓了。南方的夜景五光十色，忽闪忽闪的像是梦境。我下车从校门口走回宿舍，夏夜的温乎乎的风把我一点点吹得清醒。回宿舍被抓住堵在墙角问去哪里快活了，我说去逛窑子了。那天晚上我一直在想，如果当时我抱住她，如果当时我吻住她的眼睛，如果当时她没有推我出房门，那一切会变成什么样子。我一直在想，我是不是想亲亲她抱抱她或者再进一步。我想了很久，我发现我不想。我自认为并不是堂堂正正的真君子，甚至都算不上道貌岸然的伪君子，我却不想玷污她在我心中那一份纯净。尽管我知道她并不纯洁，可是她闪闪发光，我觉得她是真实而艳丽的。我不知道我是真的爱了她，还是其实根本就没对她动了感情。

那天的事情，我们后来谁也没提过。毕业季的时候，校园里全是满世界疯跑的老男人老女人，我拎了酒瓶子，我说，陪我去路边喝一杯。大花说，你真是个文艺青年，再戴个白框眼镜就更像了。十一点的时候，校园已经差不多空了，该有去处的都去该去的地方了。我说，我毕业了会回北方。大花说，我去日不落大帝国。我说，我这么大了都没去过酒吧呢。她说你去干吗，又没人包你请你喝茶。我说，你想过未来么。嗡嗡嗡的风吹过，是洋气的奥迪驶过我们面前，车子里的疯子叫喊着：这是我老婆，我毕业了！自己过得好就行了，大花回答我。

今年的雨季格外恐怖，帝都下了两天雨就严重积水成灾，致多人遇难。我说，花花，2012要来了，北方下雨了。大花在微信里大叫一声：滚！语气里还是有一丝韵味。北方下雨了，大雨啪嗒啪嗒地一下，泼辣得像大花撒泼时一样带劲。偶尔停一下，给北方那陈旧臃肿的排水系统一个喘息的机会，然后再卷起新一轮的攻势。"花，大雨把路边的大树冲倒了好几棵，现在外面的水跟黄河似的滚滚长江啊！"大花说，你说这么大的病句不怕雷劈死你啊！我拍了"黄河"的录像传给她看，我说这就是我的北方。

我说，花，我这里停电停水了。大花在微信上特别招摇地说，哈哈哈哈哈，去黄河里洗洗澡吧。我说，花，我有女朋友了。

暑假的同学聚会说白了是成就展示会，显摆显摆你新买的爱疯，招摇招摇他刚换的女朋友。我不高不富不帅，在一点五流的学校里读着三流以外的专业拿着五流的成绩，实在无以示人。但世界永远那么公平，我老婆说，那天你安静的样子让我觉得我喜欢上你了。媳妇是很喜欢热闹的人，当她游荡到我身边的时候，我还在默默关注着当年钟情的清纯女孩，仍是白色衣服，长发飘飘，一笑还是能融化我整颗心脏。媳妇是很开朗活泼的一类，不温柔不娴静，却落落大方，不做作不矫揉，像是温暖的向日葵，我喜欢到不行。我说，媳妇，你也长发飘飘的跟个淑女一样好不好。她敲我一下，你直接找个那样的不就得了，跑来改造我多费事啊！我想想也是，我喜欢她就是因了她这样干净真实的样子。媳妇说，大花是谁啊，你前女友啊。我说，不是不是，红颜吧，不不不，蓝颜吧，不不不，唉，就是一普通同学。媳妇说，哈哈哈哈，那就好。她笑的时候，我觉得世界都明亮了。

张爱玲说每个男人都会遇到两个女人，红玫瑰和白玫瑰。娶了红玫瑰，日子久了红的成了墙上的蚊子血，白的依旧是窗前的白月光；娶了白玫瑰的，日子久了白的就成了胸前的饭粘子，而红的还是心口的那颗朱砂痣。我抱着她的时候，总还会想起白色连衣裙长发飘飘的女孩那甜美的笑；又或许有一天我真能得了那么一个姑娘，又会开始怀念我今日拥在身边的这个人一尘不染的爽朗与干净。而大花,你不是红玫瑰也不是白玫瑰,因为我即使喜欢了你,也从没想过要拥有你。你是那富丽芬芳的月季花,开得五光十色,魅力斐然。你不够高洁,不够清冷,你却是我最不想放弃的人。据说,真正的玫瑰比月季难看一百倍,所以大花,你是开得乱颤的月季,飘啊摇啊地开在了我那么大的心脏里。

"小唐文交女朋友了,好看吗?"

"那是自然,至少比你腿细。"

我想给你讲讲石塘街的故事

亲爱的于小墨同学，我突发奇地想给你写封信，想跟你说说我现在的心情。石塘街，没有了。

你还记得石塘街吗？我想你一定记得的。那是你到锡城来我带你游的第一个"景点"。我给你介绍时说："走！我带你去逛逛我们这里最繁华的一条街。"其实，在你来之前我就仔细规划了我们的游览路线。当我在宿舍里骄傲地宣布，我将把石塘街作为第一站的时候，周小鱼把眼瞪得老大，她说："不要吧，这多影响无锡在人家心目中的形象啊。"我嘿嘿地笑笑，还是义无反顾地把你带上了这条最繁华的街道。那天你说，你很开心。

我们到达石塘街是晚上将近十点的时候。石塘街的夜市最美妙了，黄色的灯光照亮整条街，车水马龙。当然以自行车为主。偶尔一辆小轿车或者面包车的经过将接受整条街的夹道目送，因为街并不算宽敞。我们是步行去的。步行游石塘街更为合适。

石塘街的街口有一块年头很久了的石碑，石碑并不高大，有点倾斜地矗立着，上面刻写着三个红色的字"石塘村"。街头偶尔会有一两个卖衣服的流动摊位，我总感觉这些摊主是勤工俭学的学生。走过那块石碑，便算正式走进石塘街了，走进石塘街后便都是常驻摊位了。两家正对面的水果摊，摆着基本相同的水果，放着基本相同的招牌，有时候大喇叭里吆喝的口号都差不多。我比不出谁家的水果更加好一些，不过我更加喜欢和蔼的大叔而反感对面凶巴巴的中年妇女。当然，这与水果本身无关。

记得那天一进石塘街，我们就开始对石塘街进行全方位扫荡了。第一步便是从和蔼的大叔手里买来一个大菠萝。石塘街的水果比学校商店里的新鲜，品种多，价格也低，所以，在不是很懒的情况下我还是很喜欢来石塘街采购水果的。有个开三轮车的阿姨卖的香蕉特别好吃，价格还超级便宜；有个卖西红柿的叔叔有次多找了我一块钱，我特别诚实地还了回去；有次在一对带小朋友出摊的小夫妻那里买到了超级好吃的枇杷；还有一个卖自己家种的橙子的话很少的叔叔；还有一家叫"山东炒货"的很火爆的干果摊。亲爱的，告诉你这些是因为，当你再次出现在锡城的时候，石塘街上就再没有他们了。

石塘街的衣服很多，样式很多，价钱很有伸缩空间，只是大多数衣服质量并不很好。街道两边长长的衣架上挂满五颜六色花枝招展的衣服，我跟周小鱼对这些衣服达成了深刻的共识：虽然它们质量不够好，但它们长得着实很好看。话说我到无锡第一次买衣服便是在这条石塘街上。上大学没多久的时候参加了一次演讲比赛，可我惊讶地发现我竟没有所谓正式的衣服，临到比赛我只好抱着押宝的心情去石塘街碰碰运气。街道两边的架子上倒真不卖这类衣服，我是跑到街上的小服装店里才淘到了一件有模有样的小西服的。从那之后便喜欢上了这条街，觉得它很贴心。虽然它在城管眼里脏、乱、差，但是它带给一个刚刚认识无锡、刚刚认识大学、刚刚认识长大的我很多很多我想要的。

还记得我们吃烧烤的那家店吗？叫"兄弟烧烤"对不对？店主是很帅气的学长，是你们学校的学长，为了漂亮的女朋友来到锡城，安家石塘街，经营一家热气腾腾的烧烤店。他们生活得很富足，也很幸福。那天的烧烤吃了很多，而我记忆最深的就是大大的鱿鱼。我记得后来班级活动时租了他家的烤箱，买了他家的鱿鱼串，自己却烤不出那天晚上的味道——和你一起吃烤鱿鱼的味道。那天晚上我们还给周小鱼她们带回了美味的烧烤。说来也怪，看见你在，我觉得减肥没那么重要，陪你吃到爆才是最幸福的事情。那天我们满嘴塞满烧烤的时候，我得意扬扬地炫耀，我们这条繁华的街不错吧。你满脸真诚地附和着不错不错。我觉得骄傲极了。

在兄弟烧烤对面的地方有一次来过一个卖书的哥哥，所有的书都是五块钱一本。作为一个喜欢附庸风雅的俗人，我买了很多搬回宿舍装饰门面。那里还会有一条挂满各式各样衣服的绳子，绳子上还挂个牌子，写着：十元一件。还有，你还记得那个喊着"因为店面到期，所有皮鞋一律降价处理。二十九元一双，二十九元一双"的皮鞋店吗？我当时笑着跟你解释，这个店一直以来都是这么喊的，都喊了大半年了还在喊呢！可是亲爱的，它终于不再那么喊了，再也不会了。

还有那家如海超市，就是我们去买盐的如海超市，那个在盐荒时代还有盐卖的如海超市。还有那条小街道，一家叫"二马冯"的饭店，它的美名我一到学校便听说过了，说那是个点菜超级有效率的饭店。还有一家更有影响力的饭店叫"重庆鸡公堡"，这几乎是石塘街长相最整洁的饭店了，红火的招牌，红火的生意。那条小街一直一直走下去，有一个卖馒头的摊子，北方的旱鸭子们高兴了便去买一块钱的馒头回宿舍慢慢享受，那里的馒头做得有家乡的味道。终于，它们也将成为怀念了。

还记得那天带你吃的香酱饼吗？卖饼的叔叔切下一角饼来，熟练地扔到秤上，我们便能看见秤上显示的价钱正好是我们要的，一分不多一分不少。虽然每次吃完香酱饼，弱弱的胃就会跟我抗议很久，但是我还是超爱香酱饼，土家的，湖南的，各式各样的石塘街的香酱饼。石塘街还有一家卖香辣土豆的，那可真是香飘十里啊，只是当它把我这个北方伢子辣得想哭之后，我便总结出来这是种只可远观的食物。还有章鱼小丸子、精武鸭脖、樱花寿司，每一样小吃可能都是某个人心里最棒的零嘴。

石塘街上还有最划算的住宿，一晚五十到一百五十价格不等，可以砍价也可以被宰。你那天没能荣幸地入住石塘街的小旅馆，可真是浪费了个大好的机会。话说周小鱼后来带曾着她的两个朋友，三个人在石塘街的双人间里度过了一个美妙的晚上，现在想想，还真有点羡慕的。

石塘街还有卖花草的、卖围巾的、卖皮带的，卖各种各样装饰物的。当年入学的时候，学长学姐给我们介绍校园时总不忘提上石塘街，说那是一条什么都能买到的街。而今，那个无所不能、无所不有的石塘街终于走向末路了。当我们给学弟学妹介绍的时候可能得带点怀念地说起，以前这有条什么都能买到的石塘街。

石塘街是乱的，很多同学在嘈杂的人群中丢掉了钱包、手机；石塘街是乱的，各色人员嘈嘈杂杂熙熙攘攘；石塘街是乱的，各种小摊、小市民的景色影响了无锡这座潜力城市的市容。每个城市在整容的过程中，都得切除最难看的肿瘤，石塘街终于是在锡城奔向繁荣富强的路途上被光荣地和谐掉了。但是，我有点舍不得，我爱那个脏、乱、差、小市民氛围很浓厚的石塘街，我爱那块淳朴忠厚的土地。我不敢再去那里看看，我怕看到那块"石塘村"的石碑歪歪扭扭地镇守着一条安静整洁的街道时，会眩晕地看见曾经你站在哪家店面的门口冲我微微一笑。

亲爱的，我想你懂。

白小冬

闰年情事

传说，在远古的爱尔兰，闰年的 2 月 29 日是不受法律约束的，因此这一天可以做任何违反传统的事情，于是这一天女性可以向男性告白的习俗应运而生。

公元 2012 年，闰年。虽然在中国并不存在这么一个古老而有趣的传统，但中国人民秉持着勤奋好学海纳百川的精神效法这一习俗，使今年的 2 月 29 日也隆重得像个大日子。尤其是正值青春年少的适龄女青年们，大多都在这个特殊的日子里进行了一次勇敢而热情的尝试。2 月 29 日那天晚上，有位好友激动地在 QQ 上冲我咆哮：今天，你表白了吗？！

说到表白，这就又分好几种了。覆盖面最广的一种是随便逮一个男生就跟人家说"我喜欢你，咱俩在一起吧"。这种表白，表白的人也不当真，被表白的人也不当真，其结果分为"被果断拒绝并且拒付精神损失费"和"被果断接受以便拒付精神损失费"两种。在精神层面上这属于寂寞型的表白。这个表白不带任何感情色彩也没有任何深刻含义，就像说了一句"我今天中午去一食堂吃饭"一样平淡而普通，只是在这个告白的大环境里跟风说一句"我喜欢你"，就像在演唱会现场即使不认识某个明星也会跟风喊两嗓子"我爱你"一样。当然，这种寂寞型的表白也是最让人不舒服的，表白结束之后，会发现自己凝固在脸上的笑是僵硬而虚假的，心里有种空落落的感觉。被人拒绝总不是什么好事，女孩子还是气质矜贵更值得人尊重和喜爱。

第二种表白就带些感情色彩了，往往发生在两个同为单身的男女之间。两个人情感基础也是很深刻的，互有好感，暧昧不断，重点是彼此心知肚明：我们不会在一起。这时候的"女生告白日"就是给两个寂寞的人一个良好的释放暧昧的契机。我向你表白，你接受或者不接受那都无所谓，重点是不管你接受不接受，你都会带我去吃一顿大餐，逛个街，买支玫瑰花，装装情侣过一天。一天过后，你还是你，我还是我，见了面还是打声招呼。虽然，这故事这么剖析起来让人觉得并不是那么舒服，但不可否认的是，在这个寂寞充足空虚泛滥的时代，两个不可能在一起的人找个契机互相取取暖也是社会常态。然而这种表白也是存在安全隐患和潜在后遗症的，女生是感性动物，即使你清清楚楚地知道你不会跟他在一起，但在你身边没有真正的男朋友的前提下，他请你吃顿饭陪你逛个街逗逗你开心帮你擦擦眼泪，充当了你一天的冒牌男朋友之后，你还是会用你这一天短暂的快乐给自己今后的一天或者几天埋下不定期的情绪炸弹。女生其实有时候就算矜贵得发霉，也不要预支自己未来的心情去放纵。

再就是最遭人白眼的表白了，这种表白发生在女同学和男闺蜜之间。总有那么些女生一到过年过节的就把男闺蜜拉出来到处招摇显摆，以一种极其低调但又生怕别人不知道的方式把自己有一个或者几个铁杆男闺蜜的事宣扬得人尽皆知。但不管怎么样，有个铁杆男闺蜜不能算是坏事，当然有已经名花有主的姑娘们还是要处理好男朋友和男生朋友之间的问题。有那么一个男人，骂完你混蛋傻瓜之后还是欢喜地请你吃饭，陪你过中秋端午愚人节却从不掺和你的圣诞情人节，在你失败时能打电话鼓励你坚强前进却不会在深夜跟你唱K不送你鲜花巧克力，这是一种多么难能可贵而虚无缥缈的高尚情感啊！但是，男闺蜜这种事物还是可以有的，至少能时时提醒你世界上除了你喜欢的那个男人还有其他很不错的异性生物存在。男女之间的交往神奇而复杂，你不能离他太远也不必靠他太近。距离产生美是很有科学依据的。男闺蜜这种物种的存在和发展在一定程度上促进了这个社会的和谐和安定。

另外还有情侣双方晒幸福的甜蜜表白，那是一种更加复杂和神奇的行为，它源于爱情，而且高于生活。其中表白无可非议，但是把它晒到大庭广众之下那就是一种极具讨论性的行为了。众所周知，爱情是两个人之间的私人情感，当一个人迫不及待地把自己的隐私贴到大街上给别人瞻仰注目，大多数情况是为了显摆他的拥有，他怕别人不知道他的拥有，或者说他自己并不确信自己拥有。晒幸福往往出于缺乏安全感，这也是为什么很多看起来明明很恩爱的情侣转眼间分道扬镳，因为你看到的幸福都是表象。真正幸福的人从来不满世界宣扬他有多幸福，就像真正的淑女从不炫耀自己看过什么书去过什么地方见过什么人，因为，她不自卑。

最后说说最符合"闰年表白"原始定义的一种表白，那就是单身女生向倾慕的男生表白，以求能够携手开始一段爱的旅程。今年的 2 月 29 日，据我一个朋友说，她身边真的有同学表白成功。不管怎么说，如果真的表白成功，那么也算是一件不小的乐事，毕竟能和自己喜欢的人在一起对任何人来说都是一件无比幸福的事情。但是，更多的女孩都在告白上遇到瓶颈，爬不出来也掉不下去，这才是最痛苦的问题。

喜欢一个人没有错，女孩向男生表白在这个日益进步的时代也不算什么新鲜事了，同时也确实有不少女追男甜蜜地修成了正果的案例。但是，这并不表示女孩的主动就能赢得一段感情的开始。其实一个男生如果长时间内都只是与你保持暧昧，那么你们就应该永远只是暧昧了；如果他喜欢你，他一定会迫不及待地告诉你，就算他曾经骄傲地说过永远不追女孩，就算他曾经不可一世地拒绝过无数的追求者，遇到了真正喜欢的女孩，他都会把他曾经那些豪言忘得一干二净。男孩确定喜不喜欢一个人用不了女生那么久，如果你跟他长时间暧昧却没有明确关系，那么只能说明你太过优秀让他望而却步，或者他不够喜欢你。

有人说，女孩子成熟的标志是不总等着别人来追，遇到真正认为好的男孩也要鼓足勇气去追一把。这话是没错的，用来鼓励女孩子为自己的喜欢拼一把，让自己的青春少留遗憾。但如果这种勇敢被人委婉地拒绝掉，就要学会华丽地转身灿烂地笑。每个女孩都是天使，他不接受你是因为你值得拥有更好的。而假如在 2 月 29 日那天你的"我喜欢你"收到的回复是"呵呵，明天一起吃饭吧"，那请你说句"fuck"就把他拉进黑名单吧。这种男人如果不是不喜欢你那就一定是个情场老手花心萝卜,没有哪个男生面对自己喜欢的女孩发来的"我喜欢你"能回复出那么多弯弯绕绕,他不过是想看看不拒绝你,你还能变化出什么花样来讨好他。女孩们,骄傲点,远离混蛋,珍爱生命。

　　离爱情差一点,比喜欢多一点;比普通朋友多一份暧昧,比男女朋友少一份真诚;走不动退不回还当不成闺蜜:这是当今时代衍生出的最让人抓狂的纠结暧昧体。在这种让人不舒服的关系状态里,一定是有一个人喜欢的多一点想把这所谓的友情发展成爱情,一个人喜欢的少一点想把这类似爱情的东西保持成友情的状态。因为如果双方的喜欢都保持在超越友情不到爱情的同等状态的话,那就修成了传说中宇宙无敌的闺蜜。而修不成闺蜜也修不成爱情的症结就在于,他没那么喜欢你。

　　对一个人的迷恋超过四个月那就是爱了,所以当你将对一个人的喜欢坚持了四个月的时候,你坚定地以为你是爱上他了,其实不然。当你在一瞬间决定喜欢他之后,那漫长的等待里他给你星星点点的回应和希望让你像吸毒一样上瘾,所以你能坚持四个月甚至更长。即使你有时候清醒地意识到你对他没那么重要,你还是会愿意一次次地试探一次次等他回应。其实到最后你已经不是喜欢他,而是被痛苦逼疯了想奋不顾身地知道一个答案。所以你选择表白,你告诉自己如果他拒绝那就转身离开再不回头,然而你等到的又是一个含糊不清的回答,让你没法往前也舍不得掉头就走。其实,他已经做出回答了。你那高傲的自尊心接受不了长时间的坚持没有得到想要的回应,所以逼着自己再往前走一步再多等一天想得到你要的成功。这个世界上很多事情百折不挠坚持不馁就能成功，但不包括爱情。更不该有哪个人能让你卑微到降低底线，从低一点到再低一点。如果一份爱情从一开始天平就有谁轻谁重，那即使开始也很难走得幸福，尤其是女生充当轻的那一部分的时候。当一份感情进行了四个月之后，你还觉得他是你生活中不可或缺的一部分，你看见他还会发自内心地笑，这才是所谓的爱了；而不是在他给你虚无缥缈的希望里度过四个月之后，你仍然奋不顾身往火坑里跳就是所谓的爱情。《北京爱情故事》中有个女孩叫林夏，她说："我爱你，与你无关。"其实有的时候，你说的你喜欢他，明明就是与他无关的事情。女孩子，骄傲起来，在你过了可以幼稚无知不负责任的年龄之后，学会好好地爱自己。自爱者，人恒爱之。

致我深爱的她深爱的那个男人

敬爱的某先生：

你好！

在她无数次忽略我甩开我为了你头也不回地离开我之后，我忍无可忍写下这封信，写给你，一个她深爱着的男人。

忘了自我介绍，我是她的好朋友，俗称闺蜜，也就是你们男人发誓要掐死在摇篮里的闺蜜，那个喜欢在你女人耳边叽叽喳喳嚼舌根无事生非的另一个女人。然而我必须存在，也有权利给你这样极具挑衅性地写一封致辞。因为在你出现之前的十几年里，是我在她身边给她肩膀给她保护，你不过是我的继任。是的，现在她奔向你了，以我完全拦不住的速度和决心奔向了你。我怀着无限的醋意想要跟你谈谈，这便是这封信的初衷。

在你认识她之前，你可以是天涯浪子可以是风流少年可以左拥右抱姐姐妹妹成群，但是，在她爱上你之后，请和其他女人保持安全距离。如果有一天我的那个傻子在笨拙地为你织毛衣，傻傻地等你电话，沉浸在你一条不知从什么地方粘贴来的敷衍的短信里甜蜜地傻笑，你却在跟其他女人玩着你所谓不痛不痒的暧昧，跟你的姐姐妹妹说着开玩笑的情话，那么请你放心，我一定会向你解释一下什么叫"满地找牙"。

请不要无比诚恳地跟我解释说她们只是朋友，也不要用无比真挚的眼光让我都愿意相信你是个老实巴交真诚的好男人。因为我相信你跟那些姐姐妹妹确确实实只是同学关系。但是，我请你认认真真仔仔细细地想想，你把那么多的时间精力幽默和宽容都给了她们，那么我的她呢？

我必须跟你讲讲她的故事，在你来之前和你走之后，她的故事。在你出现之前，她也跟我现在一样像个爷们般顶天立地自力更生独立自主，她也聪明机灵睿智，她也会看见傻了吧唧的小女人时无比厌恶地说"这女的真没救了"。然而当她爱上你之后，一切就变了。她的眼中只有你，她沉浸在她设想的爱情迷宫里，变得无理取闹，变得敏感多疑，变得脆弱伤感。恋爱的女人智商为零，恋爱的女人是疯子，我也的的确确在她身上看到了最好的证明。然而我却没办法像以前对待其他女人一样不痛不痒地说一句"这女的真没救了"，因为在你出现前的很多年里，你那个无理取闹的她是我最温暖最踏实的依靠。

如若有一天你离开她了，我给你讲讲之后会发生的事情。她会更加疯狂地发癫，她会没日没夜地哭你喊你想你骂你，犯贱到极致了还会打电话给你发短信给你，甚至堵到你门口去求你。因为她曾奋不顾身地爱过你，并且还真真切切地爱着你。然而当一次次的失望之后，她会从你那个深坑里爬出来，恢复她正常的样子：独立自主，坚强微笑，呼风唤雨，顶天立地。因为她不再爱你了，或者说她的爱不那么痴狂了。

我解释完了她爱你之前和离开你之后的样子，现在必须讨论一下她现在的样子。她现在就是这个样子：不可理喻，神经兮兮。你不喜欢，我也不喜欢。但是我无计可施，我用多少办法都无法让她冷静让她清醒。因为，她爱你，爱得发狂发痴，刀枪不入了。你或许无法理解或许不愿承认，但是她现在这个样子确确实实是因为你。一个人前吆五喝六翻云覆雨的男人婆就这么轻易地被你迷得神魂颠倒，看得我心疼到想抽她几巴掌把她抽醒。然而我知道我抽不醒她，我清楚地意识到在现在这个阶段里我为她哭为她着急为她发疯上吊都抵不过你一句敷衍。解铃还须系铃人，只有你能让她清醒。

办法有两个。第一种是你离开她。她会像我刚才说的那样疯狂大爆发，一次性挥霍尽她没给完的爱然后恢复正常，彻底地恢复冷静。虽然我对你抢走她耿耿于怀，但老实说我并不希望你离开她，因为你让她那么疯狂地死一次之后，我不确定她要用多少时间和力量再活回来。另一个办法是我想告诉你的，准确说是我建议你使用的：请你好好爱她，对她耐心一点，对她体贴一点，对她包容一点。她所有的发疯都不过是想得到你的关心，她所有的过分都不过是害怕你离开。给她点安全感，本质上来说她想要的不过就是安全感，而她这样无缘无故地发飙怀疑，就是证明你没能给她足够的安全感。她所有的不理智只是因为在她心中你太优秀，在你心中她不过是个小人物，太在乎之后的不平衡导致发疯而已。我知道我不该这样草率地出卖她的内心，但是这就是事实，你也必须知道。

可能你厌烦她了，可能你觉得她对你没有什么吸引力了。我也不得不相信男人永远不会把对他太好的女人当回事。但是，我必须告诉你，她不是任你摆布和伤害的傻妞，她还有一大群珍惜她在乎她爱她的人。我们都非常非常在乎她，非常非常爱她，尽管现在，她对此一点都不在乎。她把你当成宝贝并不能成为你忽视她伤害她的资本。她爱你不是你的资本，而是你的荣耀。因为这个为你付出流泪的傻子，也是别人心中最高贵的天使。

在你出现之前，她的世界是多姿多彩的，至少是多元化的，我们无数个人组成了她完整的世界。当你出现之后，她的世界就为你清场了，你成了她世界里唯一的表演者。也正因为她的世界里只剩下你，她才会对你的每一句话每一个行为斤斤计较，她才会一天四十八个小时想知道你在哪你和谁在一起你有没有想她。问题就在于也正是这些成了你讨厌她逃避她的理由。是的，她烦，她无理取闹，她无所不管，但是，请让我告诉你，如果有一天她开始跟其他朋友煲电话粥而不回你的短信，因为去市中心买衣服而推掉跟你的约会，因为我而甩掉你，那么恭喜你，你已经磨掉了她所有的希望。不过请你相信，那个时候，她还爱你，只不过是被你伤透了之后重新站起来重新爱你。她的心就那么大的地方，当她重新接受我们容纳我们在乎我们的时候，你的专制地位也就成了领土版图中那么不大不小的一块，或许还是可有可无的一块。

她是个骄傲任性的女孩，在遇见你之前十几年的时间里，她是从不吃亏的角色。老实说，跟她吵架我从来没有吵赢过。我想说，如果在你们吵架的时候，她低下头来跟你认错，她先拨出电话找你谈心，请你抱抱她哄哄她，因为她是那么不愿意失去你才会抛弃她十几年建立起来的所有骄傲来挽回你。不管怎么说，娇生惯养了十几年的女孩都没必要无条件倒贴着给你来伤害。

　　你可能会吵赢，你大概会因为把她弄得无话可说而沾沾自喜。我只想告诉你，一个女孩最大的哭声就是沉默。如果一个喋喋不休、打架撒泼的女孩她沉默了，那么，我无法想象你伤她有多深。我只希望，作为一个男孩，你能用你宽阔的胸怀包容她，你能用你所有的温柔珍惜她。被你伤到躲在我怀里不间断地哭了一整夜之后，第二天又画好美美的妆去跟你道歉，这只能证明她真的很爱你。

　　恋爱中的女孩是疯子，她让你无法忍受，对此我也深深表示歉意。她如此是因为在你之前她没有遇见过这样一个人让她无法自拔。如果她能游刃有余地和你切磋着爱情，如果她能轻车熟路地和你进行着爱情，只能证明在你之前有这样一个人让她疯狂地迷失过。如果你那么不幸地经历过一个女孩丧心病狂的折磨，那么让我告诉你你有多幸运：你正被一个女孩子没有保留地爱着，她今生就这么一次，她会抛弃所有理智和尊严爱一次。

　　然而我也不得不接受，你是她逃不过的劫，有人受伤成长，就必定有人扮演了举刀伤害的角色。她或许只能这样成长，或许必须经历一次撕心裂肺的挣扎才能涅槃。我只希望你下手轻一些，对她好一些，在她撒泼胡闹的时候包容一些，在她难过受伤的时候耐心一些。你是伴她成长的最重要的一环，你也是影响她今后人生的她人生很重要的转折点。请不要让她为你奋不顾身付出太多，因为力气用完了之后就什么也没有了；请不要让她为你撕心裂肺哭太多次，因为每一次都会变成一道疤痕贴在你们的爱情上。现在你是她眼中最宝贵的财富，但是也许有一天你回首时会发现遇见过这个傻姑娘才是你今生最美丽的运气。

我知道我很多话说得太激烈，甚至你会想掀翻桌子直接把我掐死在你面前。但是，请原谅，因为我爱她。我舍不得她受伤害，尤其舍不得你伤害她。因为在我内心我也相信你是爱她的，所以我不希望你伤害她。现在她已经基本完完全全地把我剔除出她的内心，但是因为她爱你，我甘心退出。请你占用我位置的同时代我好好照顾她，我愿意默默地在一旁注视着她，看她成长。但是如果你敢伤害她，不管她是没有力气还击还是舍不得揍你，请原谅我会第一个冲出来把你打成一摊烂泥。

好了，我满坛子的醋意都发泄完了。现在我把她交给你了，祝你们幸福。

宋小姐

宋小姐不适合谈恋爱。这是她离开第八个男朋友时给自己下的定义。我的恋爱史也是从高中开始的，只不过我男朋友还是那一个。

初识宋小姐时她身边的那个男人大约是她第二个男朋友。当时问她为什么与这个男人在一起，她说因为他能带我玩儿啊。之后她又爱上过诸如孤傲的吉他手，富得流油的土豪，以及这个留胡子的男人。宋小姐很漂亮。这是连她自己都颇感惊讶的事情。据说她是被陌生男人搭讪过之后才顿悟自己长得漂亮的。

宋小姐深深爱过其中一个男朋友，为他狠狠地疯狂过。她说她觉得她能理解他，甚至他离开她的时候她都特别理解他。她也被其中一个男朋友深深地爱过，那个男人不喜欢她晚上出门，想黏着她管着她，可她却觉得她更想要自由，于是离开了他。她选男朋友的条件不是很容易理解，大约是喜欢表面坏坏的但是骨子里其实很正经的那种。我想了想或许最符合她标准的是孙悟空。

我遇见我这个男朋友之前是个风一样的少女，那时我心高气傲,有棱有角,恨不得把天摘下来放到手里玩玩,恨不得当当新世纪的女霸主。如今我成了可以随时放下一切跟他去任何地方的温良少女。宋小姐说你现在这个样子我根本看不出你有过不一样的从前。

宋小姐第八个男朋友叫小明。因为我并不喜欢他,所以给他起了这样一个小学数学课本中的名字。小明长得不高,跟宋小姐几乎一样高。小明长得不好看,但宋小姐分外喜欢他的胡子。小明比宋小姐大七岁,是学校旁边科技园的上班族。小明看起来呆呆的,一脸的无辜与迟钝,但小明先生是我见过最大的人渣,宋小姐说他不能叫人渣,他是人渣中的极品渣。

故事要分成三个部分,暑假前、暑假和暑假后。

暑假前我只知道小明是宋小姐的男朋友。跟小明先生在一起之后,宋小姐的气质变得知性了许多,一条黑色吊带长裙,一头中长卷发。我见过小明先生,他总是一副这世界与他无关的表情,对人很冷漠。他对宋小姐约会迟到的事情很在意,迟到五分钟就会打电话来催命。他跟宋小姐一起去看演唱会,跟宋小姐一起在他公司办公室看对面酒店开着灯不拉窗帘的男男女女。宋小姐曾经跟我说过他们以后结婚或许就会在这个城市生活。

宋小姐和小明先生谈恋爱之前,小明先生提起过一个女人,是他单位的女同事,说两个人关系很暧昧。宋小姐问,那在那个女人眼里你们是不是情侣。小明先生说,应该是吧。再之后,宋小姐就成了小明先生的女朋友。

暑假之前我跟我的男朋友一直在闹别扭。具体说来是我一直在单方面同别扭。谈了三年的恋爱,等不到传说中的七年之痒,大约已经开始痒了。或许是他对我审美疲劳,或许是他根本就没那么喜欢我,他开始忙,忙到每天只有晚上临睡前抽出时间来回复我的晚安。我从没那么在乎过一个人,我偷偷为他整晚整晚地流过泪,也像泼妇发疯一样跟他大吵大闹过。但他总是那个不温不火的样子,不生气也不争辩。只是在我生气说去找别人玩的时候,他说你不要去。于是我就不去,于是我留下来等他,然后他依旧不理我。

大晚上跟宋小姐一起坐在湖边吹风的记忆停在我脑中一直挥之不去。我早忘了那天我们谈了什么。我只记得宋小姐点燃一支烟,烟圈被吐出来的时候飘飘洒洒的很销魂。我一直不吸烟,我怕戒不掉。我偶尔难过了会和朋友们在吃饭的时候喝几杯酒。但我酒量小喝几杯就开始胡言乱语,后来我发现自己还会浑身发红几天不退,于是我连酒都不敢喝了。于是我成了宋小姐潇洒人生的看客。

暑假的时候我跟男朋友的战争一直没有消停。我开始自导自演各种戏码,比如一天不理他,比如对他所有的问候都以"嗯"来回答,再比如大发脾气等等。但我男朋友对我的一切感情变化像是毫无察觉,于是我成了一个蹦来跳去博自己泪水的小丑。我觉得他可能真的不爱我,或者是不爱我了。于是我说分手吧。然后我就又开始自己演悲情的戏码,删掉短信,删掉号码,哭得昏天黑地,连睡觉都不能安稳。我跟宋小姐说我分手了,宋小姐劝我和好吧。我说我不喜欢这样没骨气的自己。宋小姐说那就洒脱点。

然后宋小姐在某天晚上跟我说要给我讲个故事。她说小明先生脚踏两只船。小明先生在跟宋小姐交往的同时在跟另一个女人交往。当然，另一个女人就是小明先生之前提到的那个女同事。我说，你怎么知道的。她说，那女同事拿着小明先生的手机给她打电话，吼着小玥先生说："你让她滚，你说，让她滚！"据说小明先生吓哭了。

这件事情发生之后，小明先生和宋小姐仍然一直在联系。宋小姐说让他在两个里面选一个。他说他要想想，这实在是太难了。宋小姐跟我讲故事那天，距离女同事打电话来已经一个星期了，但小明先生仍在想。那天晚上他给宋小姐打电话时终于说出了他选择宋小姐，但是不能保证跟女同事的事情不会有下次。宋小姐说，呵呵。

宋小姐遇事很淡定。关于这种能激怒大多数女人的事情，她的反应很安静。但是安静并不代表她不难过。难过并不一定要采取发疯、分手、威胁对方、与别的女人决一死战或者跟这个男人同归于尽这栏没乐趣的表达方式。宋小姐仍在笑。连跟我讲故事都像是在讲别人的故事那样风轻云淡。我想她是会难过的。因为我问过她你会难过吗，她说，会啊。

我和男朋友在暑假那短暂的分手持续了不到两天，我又乖乖滚回去，连"和好"都没说，便又和好了。我男朋友像什么也没有发生过，该笑就笑，该问候就问候，该和我一起去吃饭就去吃饭。自然还是该不理我就不理我。我开始对这份感情失望至极。但我发现我还是离不开他。就算在一起有一千一万个不开心，但与离开他那撕心裂肺的疼痛相比还是太轻薄。所以我打算等，等到我离开他比和他在一起要快乐的时候再离开他。

暑假里宋小姐和小明先生终于还是分手了。但新学期开始的时候，宋小姐和小明先生又一起来学校吃饭了。宋小姐也会到小明先生家里去做好饭等他回来。但他们并没有和好。

宋小姐会看到小明先生暑假时去厦门的两张车票，会打开小明先生的电脑看到他与女同事的聊天记录。宋小姐什么都知道，但宋小姐什么都不说。

但是女同事终于找上门来了。带着单位领导哐哐哐敲开小明先生的门，明显是一副正房太太来抓奸的气势。宋小姐很有礼貌地开了门，然后感受着狂躁的女人带来的嘈杂的聒噪。她指着宋小姐说你个小三！宋小姐问小明先生说，我是小三吗？小明先生说，不是。女人问，你知道暑假跟他一起去厦门的人是谁吗？宋小姐说，知道。女人说，你不想知道我们做了什么吗？宋小姐说，不想，我又不管那个。女人咆哮着问小明先生爱的是谁，小明先生说爱的是宋小姐，让女人滚。于是女人带来的虎背熊腰的单位领导把女人拖走了。女人来闹过之后，宋小姐和小明先生就和好了。

我对宋小姐说，我跟男朋友分手了，我要去上海做个口译兼职，顺便散散心。上海光怪陆离的城市灯光繁华而刺眼，我居然在每一个角落都能看到他的影子。我在翻译现场情绪失控，躲到厕所里哭了个痛快。晚上我去了外滩，在我一直心心念念的东方明珠前，我想到的居然还是那个爱了三年的人。我问宋小姐，离开一个人有多困难。宋小姐说就像割掉一块肉那么难。于是我回到酒店给男朋友发消息说，我们和好吧。他说，好。那一刻我觉得自己真的像个跳梁小丑。我跟宋小姐说或许他真的一点都不在乎我。宋小姐说，你不要这么想。

后来有一天我哭着打电话给宋小姐说，你出来陪我喝酒吧。宋小姐说好，你来找我吧。见到我她抱着我说没事没事，不是你又分手了就好。听完这话我突然笑了。我觉得如果三年前的我看现在的我这样一定会把自己当一个笑话。那晚我们一起吃了饭，然后去KTV唱了一晚上的歌。我唱到《我怀念的》还是哭了个酣畅淋漓。但哭完我觉得我好了。倒在KTV的沙发上一直睡到第二天六点，走出KTV，我发现天边的太阳是美丽的橘红色。我用手指做相框把它定格在我美好的印象里。那一刻，我知道这世界远比我想象的要更加宽广。

中秋节的时候宋小姐跟小明分手了。宋小姐说她想跟朋友出去玩，又懒得听小明先生碎碎念地管她，反正迟早也要分手，不如就在这时候出来吃个散伙饭。于是，宋小姐和小明先生八个月的爱情就画上了句号。宋小姐笑着说，其实只能算四个月，因为我只有他的一半。中秋节的第二天晚上，宋小姐跟一堆朋友出去玩。小明先生说我们才分手一天你就这样啊，宋小姐说，分手一天也是分手了。

小明先生和女同事明年就要结婚了。小明先生说他爱的是宋小姐，但是爱情终于输给了现实。他说真的很感谢宋小姐带来的那些快乐，也很抱歉给宋小姐带来的伤害。宋小姐说其实我没那么喜欢你，可能我表现得很喜欢你，但我可能心里并没有那么喜欢你。宋小姐说，要不你包养我吧，让我也从你的土豪未婚妻那里弄点零花钱。小明先生的未婚妻家里很有钱，宋小姐说他和她在一起能少奋斗十五年。小明先生跟宋小姐吵架时，咬了宋小姐胳膊一口,问她疼吗。宋小姐笑着说,还行吧。他又狠狠地咬了一口,问疼吗,宋小姐笑着说还行吧。他又使劲咬了一口,宋小姐还是笑着说还行吧。小明先生疯了。宋小姐说,你不能因为我不怕痛,就一直让我痛。宋小姐说小明先生说只有宋小姐在他面前仅有的那几次流泪才是真实的宋小姐。宋小姐说,为什么你们都愿意看见我的负面情绪,为什么你们看见我快乐你们就不快乐。后来我想了想这句话,我觉得有时候还真就是这样的。

我说我明年就毕业了,大约看不到小明先生和土豪的婚礼了,你会不会去参加。宋小姐说,我特别想去参加他们的婚礼,而且我连祝酒词都想好了。她说她以后逢年过节就给小明先生的办公桌上放束花,不留名字,就装成匿名仰慕者,然后他们夫妻一定会大吵一架。我说小明先生今后的日子一定不好过。宋小姐说,那女的也不会好过。我想了想,也是。

小明先生咬在宋小姐胳膊上的瘀青还有一大片,仍未完全消退。

夜阑 KTV

一

"日朵妮，快出来唱歌。夜阑 KTV。学习什么啊学习，不来就绝交。"

挂断方铭的电话朵妮就出门了。距保送生考试还有一周，朵妮已几近崩溃。朵妮成绩还算不错，但是在父母的殷切期望下她还是拼命拿到了 P 大英语保送生的考试资格。这样拼命还有一个原因，那就是高三理科 A 班的叶漠。叶漠是一定能保送到 P 大的，所以朵妮也要上 P 大。

"来来来，跟你们介绍，我闺蜜田朵妮。"朵妮一推开包间的门就被方铭一把拉过来。方铭是女神，在女神这个词流行之前朵妮只觉得方铭很牛，知道这个词之后就觉得方铭简直是女神代表：白富美，外加学习好，最重要的是不做作，跟朵妮这种平民百姓都能做成好闺蜜。田朵妮身边并不只方铭一个女神，姐姐田诗妮也是女神。诗妮比朵妮大两岁，现在在香港H大读金融，在W城本地还和朋友一起合开了一家酒吧。诗妮瓜子脸，身材好，而且比朵妮高半个头。每次有人提起诗妮时，朵妮总会很骄傲地说我姐是女神，接着一脸坏笑地说我是女神——经！

"点什么歌？"说话的是白羽航。白羽航是这群人里除了方铭之外，朵妮认识的唯一一个人。他是方铭的男朋友，准确来说是除了方铭之外大家公认的男朋友。"《半情歌》。"朵妮冲白羽航一笑。

朵妮坐到方铭身边，旁边的男生对朵妮说："我叫董亦阳，Z中高三。"

"我叫田朵妮。X中高三。"

"《半情歌》是我空间音乐，好好唱哦。"

"是吗？那你可别听了，糟蹋了你的空间音乐。"

唱完《半情歌》，董亦阳说："唱得挺好啊。还想唱什么？"

"《爱情买卖》！"还没等朵妮说话，方铭就直接帮朵妮点了歌，"我跟你说田朵妮，这都不是外人，你就别装小清新了。"

《爱情买卖》的音乐一响起，朵妮瞬间切换到女神经状态，董亦阳也拿起话筒一起唱起来。唱到副歌，两个人相视一笑。

董亦阳唱林宥嘉的歌唱得特别好，朵妮爱听却唱不了，因为声音压不了那么低。朵妮音调高，这让她唱邓紫棋的歌毫无压力。说毫无压力也并不准确，朵妮为了能在KTV不丢面子，背地里练过很久。

不知不觉就到了晚上十一点。"你在干吗？"叶漠的短信准时到来。"我在唱歌。跟方铭。""要考试了还出去玩。""方铭说不来就绝交。""你干吗总是被别人牵着鼻子走。不想去就不去。""我学习得头都不舒服了,我也想出来透透气。""那你玩吧,活该你考不上。我先睡了。"

朵妮靠在沙发上一动不动。这样的冷暴力不是一天两天了。跟叶漠恋爱一个学期,到了现在已经全是裂痕。叶漠不爱交际,宁愿一个人在家打游戏也不愿跟朵妮的朋友一起玩。

"怎么了?"亦阳问。"没事。我想唱《情歌》。"

"陪我唱歌/清唱你的情歌/舍不得短短副歌/心还热着/也该告一段落。"朵妮没打算哭,只是《情歌》唱着唱着眼睛一热泪就下来了。董亦阳说:"没事没事,别哭了。"董亦阳搂住朵妮的肩膀,搂紧了一下又放开。一切都顺理成章,也稍纵即逝。

十一点半散场的时候,董亦阳问朵妮要不要他送她回去。朵妮说不用了,她骑车来的。"这么晚了打车回去吧,车放在出租车上。"方铭说。"车放得下吗?"朵妮说。"我骑回家吧,我家就住旁边。有空你再过来骑回去。"董亦阳说。

方铭和朵妮住在同一个小区,两个人一起坐了出租车回家。朵妮靠在方铭的肩上。"又吵架了?"方铭问。朵妮"嗯"了一声,过一会又说"其实也不算。""对了,刚才有个男生叫时宥,你记得吗?他说觉得你长得很甜。""哪个?我不记得。"

回家已经十二点,开门发现诗妮在家。"你怎么回来了?""我要是不回来你今晚这么晚回家还不得被揍死啊。"朵妮顿时一脸谄媚的笑:"我就知道姐姐对我最好了。不过你还不该放假吧?""对啊。但是你不是保送生考试吗,爸妈让我回来一周辅导你啊。""我的天!"朵妮一下倒在沙发上。"你这么晚是不是出去约会了?跟叶漠?"诗妮这话一出来吓得朵妮半死,连忙捂住姐姐的嘴:"嘘!你小点声,被爸妈知道我就死定了。我去唱歌了。""你倒是挺有情致,还有一周考试知道么?""知道。叶漠也这么说我。"朵妮噘起嘴巴把手机递给诗妮。

躺在床上已经子夜一点,妈妈说一点到三点睡觉对精神恢复最好,朵妮却睡不着。手机QQ跳出验证消息:董亦阳。"什么时候来骑车?""有空吧。周四?我周四去找你。""好的。"

"对了,你唱林宥嘉的歌好好听。""是吗?哈哈!方铭说你要考P大的保送。""嗯。""加油喔!""我会的。"

二

约好周四去董亦阳家的小区推回自己自行车的朵妮一放学就看见了等在门口的董亦阳。"嗨!""我正好路过,帮你把车送回来。""谢谢啊。""一起走吗?""我打个电话问问我男朋友。"朵妮和董亦阳都有些尴尬。叶漠接电话的声音并不高兴,叶漠接朵妮的电话从来没高兴过。学校不让谈恋爱,叶漠是A班学生,早恋更是被明令禁止的。朵妮每天放学要给叶漠打电话问他可不可以一起回家,如果可以她就会到学校门口外的奶茶店等他出来。"他说还有点事,就不跟我一起走了。那我们走吧。"

董亦阳和朵妮一起走在回家的路上。董亦阳一直推着朵妮的自行车,两个人有点尴尬,但又聊得很开心。朵妮心里一直惦记着叶漠到底在干什么,她总觉得叶漠今天的语气怪怪的。但那又怎样呢,叶漠一直怪怪的,一直对朵妮不冷不热。"你男朋友叫什么?""叶漠。理科 A 班。""也考 P 大?""对。他学习很好,一定能考上。""你是为他考的吧。""嗯,算是吧。其实我自己并没有很喜欢哪个学校。不过 P 大也好,我父母是很满意的。"董亦阳笑了,朵妮问他:"那你呢?你想考哪里?""我不知道,我想留在南方。或许就 W 城。我觉得都很好。"Z 中与 X 中相比可以算有天壤之别。朵妮也笑笑。路过街边的小吃摊,朵妮稍稍停留了一下,董亦阳说:"想吃是吧?买啊!""不卫生,会吃坏肚子的。""哪那么多讲究。想吃就吃,没事的,吃坏了我负责!"

董亦阳一直把朵妮送到小区门口,朵妮说再往里走她妈不是打死她就是打死董亦阳了。刚看董亦阳走了,抬头就遇见妈妈。"那是谁啊?""同学。""什么同学?""噢。Z 中的,我车放他那了。""前几天晚上回来那么晚也是跟他在一起?""不是,我跟方铭一起唱歌。哦,他也在。""朵妮,后天要考试了,知道吗?把心思放在学习上,考好了之后半年就都没事了,考不上我看你高考怎么办。""哦,知道了。""还有,少跟 Z 中的人在一起玩。Z 中是什么学校你不知道啊,少跟他们学校的男生接触,女孩子要自重。""知道了。""回头我跟方铭她妈也说说,不能老带着你跟些不三不四的人玩。""妈!你别说了!"朵妮甩开妈妈,骑着自行车往前回家去了。

预感这东西在预感好事时可能不准,但预感坏事总是准的。十一点的时候朵妮并没有等来叶漠的短信,朵妮等到了十一点十分再也按捺不住给叶漠发了短信,但一条两条三条都不回。直到十二点叶漠才在QQ上发给了朵妮几张照片，是前几天朵妮唱歌和今晚回家的照片。照片拍的角度很好，以至于唱歌那天晚上的照片上只有朵妮和董亦阳，今天回家路上的照片两个人举止十分亲密。朵妮一瞬间傻了，怎么会有人拍这种照片？不可能是叶漠本人，叶漠没这么无聊；也不可能是朵妮得罪的人，朵妮并不会得罪什么人。朵妮想来想去只有哪个喜欢叶漠的女生才会这样做。可是叶漠这样的反应让她实在太失望。"可是并没有什么。我跟那个男生不过刚认识。""他叫董亦阳，Z中的。""那天晚上方铭叫我去唱歌，我们好多人在一起。"朵妮手机噼里啪啦一直在摁，但是一条一条发过去，只剩下叶漠一句："你不用解释了，我不想听你解释。"

朵妮觉得很不舒服。她把叶漠发来的照片全部转发给董亦阳。董亦阳说："对不起。"朵妮本来一肚子火气，但董亦阳说完对不起朵妮又觉得根本不应该对他发脾气，应该对着发脾气的是叶漠。可叶漠根本没给她机会发脾气。

朵妮一直在流眼泪，长期以来对叶漠的不满全释放出来。过了很久董亦阳发来消息："睡了吗？""没有。""对不起。""没有。不怪你。"朵妮咬着嘴唇，一直咬着，后来发现牙齿都麻木了，她忍了很久泪水的无声哭泣终于爆发成号啕大哭，哭了一会又赶噤声，生怕把家人吵醒。"我喜欢他很久，方铭让我勇敢点去表白。表白之后他同意了，后来有一次他跟我说他们班人都以为方铭是他女朋友。我知道方铭比我好看，可他为什么不解释我才是他女朋友。上次他出去玩，我问有女生吗，他说没有，可是拍的照片上明明有女生。事后他说他说没有是怕我多想。"董亦阳说:"没事。都会过去的。别想了,好好睡觉,好好准备后天的考试。""嗯。""你很漂亮,长得很像童佳倩。"

三

第二天的下午朵妮就坐上了去北京的高铁,她不想爸妈陪她去,所以座位旁边只有姐姐田诗妮。叶漠也该出发了,只是不知道什么时候出发,坐的什么交通工具。或许,他就在同一辆车上,或许就在隔壁座位,或者隔壁车厢。朵妮一直在看,甚至起身去厕所还在隔壁车厢也转了一圈。她多么希望能看见叶漠,然后他能给她一个拥抱,说要加油,说要一起到北京。可是,什么都没有。

朵妮一路上都在能偶遇叶漠的希望和遇不见叶漠的失望中反复,诗妮问你小男朋友呢,朵妮强笑着说,他跟他妈坐飞机去,已经到北京了。但其实朵妮对叶漠的情况一无所知。住进P大旁边的酒店时,朵妮都还怀着能遇见叶漠的幻想,但是事实证明世界就是这么大,遇不到就是遇不到。朵妮睡不着,诗妮就陪着她睡不着。爸爸妈妈连续不断的电话问候让朵妮觉得心里沉甸甸的。诗妮说,没关系,放松点,考不上P大,就去上海读S大,离家近;实在不行就来香港,香港很好的。朵妮说,嗯。朵妮躺了一夜,并不能叫睡着了,也并不能叫没睡着,她觉得像是做了很多很多个梦,又像是一直很清醒。打开手机是好朋友们发来的短信,方铭说,相信你一定可以。董亦阳说,加油,北京欢迎你。

朵妮考了一上午，下午是面试。P大的外国语楼和物理楼离得不算太远，面试结束她绕开正门去物理学院找叶漠，但是物理学院的面试似乎结束得更早，她又匆匆赶回来从外国语楼的正门出去找姐姐诗妮。诗妮问她考得怎么样，她说还可以。

四

回到W城是周日晚上，方铭叫她出来唱歌。大家都给她一个大大的拥抱，董亦阳也是。朵妮觉得很幸福。大家点了些酒，男生开始抽烟。朵妮并不反感别人抽烟喝酒，只不过她自己酒精过敏。她看着董亦阳抽烟的样子，觉得很好看。她对方铭说我也想抽一支。方铭说不许抽。坐在她身边的是时宥，他说，朵妮你的理想是什么？"挣很多很多的钱，然后包养男人。""包养什么样的男人？""对我好就行，我想感受一下被爱的滋味。"朵妮过了一会说："会做饭的最好。"方铭对时宥说："快快快，听见了没有，赶紧去学做饭！朵妮喜欢会做饭的。"朵妮一笑："不不不，小伙伴就是小伙伴，不能做男朋友。"朵妮说完却正好看见了抽烟的董亦阳。

这时突然有人推门进来，是个小姑娘，打扮得很妖艳但是却藏不住的稚嫩。她冲过来照着朵妮就是一个耳光。方铭站起来啪一巴掌甩回小姑娘说："当着这么多人的面随便打人你是谁啊！"小姑娘顿时脸一阵红，揪着董亦阳说："我是他女朋友！"方铭顿时明白了，搂着董亦阳说："你是杨芷吧。小姑娘，亦阳现在是我的人。你最多算个前女友。"杨芷冲着朵妮喊:"你别以为我不知道,你有男朋友,你还背着男朋友来勾搭亦阳!"董亦阳拉着杨芷说:"你想干吗?""我不想干吗。我要你赔偿我,我怀过你的孩子,你说怎么办吧!"方铭拉住杨芷:"小姑娘,这种话可别随便说。这样说就有些不要脸了。""我不管,那董亦阳,我们谈恋爱吧!""你没事吧?姐姐跟你说,董亦阳现在是我的,你以后别来骚扰他。还有有事找我,别来找我朋友!"杨芷闹过一场之后被白羽航拉了出去。朵妮的脸一直火辣辣的,她终于知道是谁拍了她跟董亦阳的照片给叶漠。她突然好想叶漠,"你在干吗。"三天的沉默之后她终于先把短信发了出去。"在玩。"

　　董亦阳看着朵妮说:"对不起。"嘴里满是烟味。朵妮没说话,董亦阳就陪着她一直坐着。"她怀孕了吗?"董亦阳看着她,说:"你觉得呢?""我不知道。""没有。我根本没碰过她。"

　　杨芷的闹剧结束之后,大家都喝了一些酒,除了董亦阳和朵妮,别人都在一边玩骰子。董亦阳和朵妮一首一首地唱歌,朵妮喝水,董亦阳喝酒。一首歌结束,董亦阳说,你闭眼。朵妮闭眼一下,看见他要亲她。"你要干吗?""你闭眼。""你干吗?""你闭眼。"朵妮闭眼,董亦阳的嘴贴了上来,顺理成章,稍纵即逝。朵妮冲上去差点掐死董亦阳,然后眼泪哗哗往下流。董亦阳有点慌了。朵妮说:"你干吗!""酒壮怂人胆。""我们是小伙伴,你怎么谁的便宜都占!""我不轻易占别人便宜。"

　　方铭跟朵妮一起回家。"那个女的是谁?""你是说杨芷?董亦阳的前女友。初三了,把董亦阳高中三年折腾得不轻。本来董亦阳学习挺好的,自从跟这个小姑娘好了之后整个人就废掉了。"

"她怀孕了么？""没有，她就是在玩董亦阳。""噢。"

　　手机突然响了，是诗妮。"姐姐，怎么了？""你跟叶漠在一起么？""没有。怎么了？""我在酒吧看见一个人长得很像叶漠。""噢。或许是他吧，反正没跟我在一起。""那行，没事了。拜。你早点睡。""拜。""叶漠你挺厉害啊，这是你女朋友啊？我妹妹可说你从来不逛酒吧的，怎么今天还到我店里来了？来就来吧还带着别的女孩。我妹妹跟别的男生在一起了，这事我怎么不知道？我给你三秒钟，滚出我的店。"就是这么巧，电话没挂，或许是诗妮故意没挂。诗妮比朵妮漂亮，也比朵妮聪明，更比朵妮勇敢。朵妮很懦弱，只知道哭。"朵妮，董亦阳挺好的。""你说什么呢。""我看见他亲你了。"朵妮再也没说话。

五

　　保送生成绩公布了，叶漠被 P 大物理系录取。朵妮的分数却出奇低，爸妈托关系各方面打听才知道朵妮理综 200 分的卷子成绩是零分，很可能是没有填写卷头的姓名。爸爸一巴掌打在朵妮的脸上，朵妮觉得火辣辣的却哭不出来。叶漠在被诗妮轰出酒吧的那天晚上就和朵妮分了手。"我觉得我前途都毁在他手里了。"朵妮本想发给方铭的短信却发给了董亦阳。"没关系。出来玩。"

　　夜阑 KTV 里，仍然是这一群人。方铭和白羽航成功保送广州的 Z 大，其他人都是要老老实实参加高考的人，只有朵妮是一个参加保送考试，200 分的卷子却连卷头都忘记写的人，她觉得自己像个笑话。大家开始玩游戏，朵妮坐在一边拿着话筒不停地唱歌。白羽航抽到了真心话，他说方铭做我女朋友吧，方铭羞红了脸点了点头，白羽航和方铭终于名正言顺地成了情侣。朵妮看着觉得方铭好幸福，她觉得女神总是幸福的，要什么有什么，她觉得爱情里一定要男生主动一些才不会这么折磨。突然方铭走过来说，你过来你过来。朵妮坐到董亦阳旁边的时候，就知道董亦阳选了大冒险。"要他亲我是吧？我亲他可以吗？亲哪里？"朵妮看着坐在沙发上的董亦阳："你闭眼。"董亦阳闭上眼睛的样子很好看，就像他抽烟时候那么好看。朵妮试了试却一直亲不下去，她在董亦阳耳边说："你猜我会亲哪里。"然后亲了他的嘴巴，顺理成章，稍纵即逝。KTV 里所有的男生纷纷起哄："我输了能不能也有这样的福利！"朵妮觉得如释重负，总觉像是欠别人很久的东西终于还了。她还是坐在一角，唱歌。

游戏换了个形式，大家随机抽签，按抽签顺序用嘴巴传递纸。白羽航和方铭正好在一起传的时候大家都会故意摁他们的头让他们亲在一起。而朵妮和董亦阳正好在一起时，董亦阳总是故意把纸吃进去一截，这样朵妮就可以亲到他。

结束的时候，朵妮点了一屏幕林宥嘉的歌，《残酷月光》《心酸》《说谎》，她说，董亦阳你唱给我听好不好，我想听。董亦阳像是很久没唱过那样，一会跟不上节奏，一会唱走音。朵妮看着他总觉得找不到第一次见他时的那种感觉，但又好像第一次见他时就是这种感觉。

"林宥嘉和邓紫棋分手了。""嗯。""我长得像童佳倩吗？"

像。""所以,你是刘易阳。""我是董亦阳。""哦。""但是……""但是什么?""没什么。""嗯。我们是最好的小伙伴对不对。""嗯。"

六

P大最终还是不能接受朵妮,所以爸爸靠关系把朵妮送进了上海的S大。叶漠后来跟朵妮说,我发现我离不开你,我愿意等你四年,北京欢迎你。但是我已经可以离开你,你不必等我四年;我也不想去北京,我爱南方,我喜欢W城,也喜欢上海;而且你离不开我为什么不来上海找我。朵妮打了满满一屏幕字却又都删掉,回复了叶漠一个"嗯"。朵妮跟着姐姐去了香港,大学开学之前才会回来。董亦阳说,你要快乐。朵妮说,你高考要加油。

人来人往

女人动情真是场灾难。尤其是，苏阳并不爱她，连喜欢都谈不上。

阴差阳错的美妙之处在于，所有的玩笑和巧合总有人会错了意，而对方却从未留心。独角戏不难演，难的在于从未有过对手却挖空心思想过怎样吸引他的眼球。

一直到周怡吻了苏阳之后，苏阳都没意识到身边这个姑娘爱上了他。周怡不是普通的女孩，要真是普通女孩苏阳一定会好好留意着保持距离，毕竟他有女朋友。

周怡不是普通女孩，至少苏阳没把她当过女孩，没把她当过有可能发生异性爱慕的那种女孩。第一次见面是跟陈曦吵完架之后的晚上，自从跟陈曦在一起之后就在社交圈里销声匿迹了的苏阳那天晚上参加了学生会部门的集体大联欢。

从陈曦着手准备出国交换开始，这对大家眼中的金童玉女之间的矛盾就越来越多了。苏阳就是在跟陈曦第不知多少次的不欢而散之后，决定去参加这个学生会为增进了解互通有无举行的全部门联谊。苏阳不参加社交活动并不是因为清心寡欲,而是跟陈曦在一起的两年里,他觉得只要有陈曦在其他的人和事全都不重要,交不交际根本就是可有可无的事。而当陈曦把生活的大片大片时间和快乐退还给他的时候,他才开始意识到他的世界可以再添加些其他的人和物。苏阳给头发涂了一把发胶,照了照镜子又对着自己喷了两下香水。

那天是苏阳大学生活一个重要的转折点,从那天起苏阳开始把生活过出除陈曦以外的其他部分,也是在那一天他认识了周怡,虽然前者是苏阳一直非常重视的里程碑式的事件,而后者直到一年多之后周怡表白时他才能回忆起来。

当时苏阳是校学生会学习部的部长,也是下任学生会主席的候选人,而周怡是文艺部的骨干。所谓骨干是学生会部门里一个很独特的存在,它不能算个职务,但却能行使一部分领导的权利。而周怡之所以能担当如此重任,是因为她跟前部长男友传出花边而退出了部长竞选,当然这段秘闻是周怡和苏阳熟识之后周怡主动说出来的。初识的时候,苏阳对周怡的印象就是这是个风流的女孩。说女生风流算不上一个好的评价,但也算不上坏。周怡是那种跟所有人都能亲密无间,跟所有男生勾肩搭背都让人觉得理所当然的女孩。苏阳那时觉得这样的女孩对他来说很合适,大家都是心照不宣地玩玩,甚至开开暧昧的玩笑,相逢开口笑过后不思量,毕竟他有女朋友,周怡也有男朋友。苏阳想填补上陈曦突然空出的巨大留白,这种兄弟般的"已婚"女孩最适合不过了。他从来没想过水性杨花的周怡会把他放进心里。

周怡的男朋友是个大她七八岁的土财主,刚认识时苏阳觉得周怡这种女孩的男朋友就应该是这路货色。

除了这段拉扯了几年的恋爱史之外，周怡还有过无数段暧昧史，多到讲了几个小时也只讲了一部分。苏阳听完目瞪口呆，周怡笑着说："确实，三个月以下的不该交代，显得轻浮；三年以上的不该交代，显得深沉。不过也好，我讲完了这些，你也肯定不可能跟我在一起了。"周怡在跟苏阳正式分别的那天晚上讲完了自己所有丑陋的故事，她只想让自己死心，毕竟人不愿意再亲近见过你所有隐秘疤痕的人。

本来爱情就已摇摇欲坠的苏阳和陈曦在陈曦交换到大洋彼岸之后显得更加貌合神离。陈曦连社交软件的状态都连篇用了英文，整天也是洋酒洋街洋朋友；苏阳不问也不屑于知道，毕竟也带着一种我也不稀罕你的骄傲和年少的轻狂。

陈曦的社交软件和网站更新着一张张照片，跟各种男人的合照。毕竟外国文化比较开放，勾肩搭背也算正常，而陈曦也并不是那种不知道分寸的人，专心打游戏的室友这样说着，连头都没抬。

圣诞节的晚上苏阳发消息给陈曦，"Merry Christmas."陈曦回复说"你也是"。就好像冷战很久的爱情又恢复到了风平浪静的时代，甚至还带着些甜蜜。但从浴室洗完澡回来的路上苏阳突然想到15个小时时差的大洋彼岸现在还不到清晨，陈曦是平安夜通宵狂欢么。

"你在干什么呢。""跟中国来的交换生一起在Chinatown的KTV唱歌。"苏阳删除输入好几次，终于还是发了出去："有男生么？""没有。就关系好的几个女生。""给我听听。"

陈曦唱歌有点跑调，所以平时并不太爱唱歌，因此苏阳虽然唱歌很好也总是跟着她一起避开KTV活动。听说陈曦在唱歌，苏阳倒挺想听听陈曦的歌声。但是陈曦发来的音频，带着并不明显的男声背景音。

"你不是说没男生么？""我只是不想让你多想。就一个男生，不是我带来的。"陈曦的解释让苏阳觉得心里很不是滋味。

异地的交流总是很曲折，往往是你的关心被曲解成了猜忌，你的生气得不到应有的回应。不管是苏阳还是陈曦都在这巧妙穿梭的交流中慢慢对彼此失去了信任和兴趣。争吵变成了冷战，连早安午安晚安都因为隔了15个小时的距离，变得可有可无。在一起久了的两个人连对对方失去兴趣都变得默契。

周怡和苏阳的关系变得紧密了许多。倒不是两个人之间有什么单独的交往，只是临近新年的时候各种新年晚会排档异常紧密，已成为学生会副主席的苏阳和文艺部骨干周怡尽管隔着一众同时工作的男男女女，但是就算在场千万人，聊得来的也总是会比其他人更容易亲密。

吃饭时坐得临近，聊天时调侃暧昧，游戏时偏袒，唱歌时搭对。苏阳觉得跟周怡一起玩默契并且快乐。

酒席间的游戏有一个叫传纸条，就是人们按顺序用嘴巴传递纸条，每传一次都要用嘴巴撕掉一点。周怡和其他男生传纸条时不小心亲到了嘴，大家一阵起哄，苏阳也发挥他油嘴的劲头说："我也要亲！这游戏太幸福了！"

大家都喝得七倒八歪的时候，苏阳和周怡拎了两个酒瓶子坐到了门口的台阶上。周怡讲起她的大叔男朋友背着她跟一个又一个的女孩约会,她举起手里的戒指:"我每次见他手上的戒指都不一样。"苏阳跟她说陈曦说唱歌的都是女生却又给他听到了男人的声音。两个人碰一碰酒瓶笑一场,喝干了一瓶啤酒。苏阳跟陈曦在一起两年滴酒不沾,一瓶啤酒下去已经走不了路了。陈曦很清醒,只是胃不好,她说她得去厕所吐一场。

回到酒桌就得面对一波又一波的劝酒。看到明显撑不住的周怡,坐在旁边的苏阳偷偷把她杯子里的酒换成了白开水。苏阳觉得周怡有点蠢,像劝酒这种事分明就是你越喝别人就会越灌,但周怡从来不懂得拒绝。陈曦就不一样,陈曦从来都能巧妙地拒绝别人,比如她会拒绝苏阳给她的所有她不喜欢的建议。

跟苏阳和陈曦的冷战不同,周怡的恋爱轰轰烈烈,跟大叔的这段感情不知道分过多少次手,但每次大叔回来认错周怡就会同意复合。大多数时间你以为周怡是个水性杨花见异思迁的浪荡女子,但她这段恋爱从大学开始一直谈了三年,直到男方所谓的正牌女友找上门来,指着周怡的鼻子骂她为"你这种被包养的女大学生",周怡才彻底打算从这段恋爱里抽身。周怡喝醉了在饭桌上号啕大哭。大家都说这种男人早分早好,几个男生都说他再找你我们帮你解决,苏阳当然也在内。

大叔再来电话的时候,就是好朋友们冒充周怡的现男友跟他答话,想来苏阳应该是比较成功的一个。大家在晚饭后打牌时大叔来电话。周怡直接摁了免提把电话扔在桌子上,苏阳直接说了句:"周怡在洗澡,有事明早说吧,晚上我们比较忙。"就把电话挂了。周怡后来说,苏阳接大叔电话的时候特别帅。

苏阳和陈曦终于还是决定分手了,苏阳说这段感情里他付出太多，陈曦从没想过要做什么。陈曦说确实你爱我比较多，但爱情就是应该这样。分手之后苏阳先是短暂的如释重负，之后就尝到了什么叫心如刀割。以前以为我这么优秀离开你换一个好的是分分钟的事情，离开之后才发现心里掏空了你也就彻底空空荡荡了。周怡陪苏阳在学校小湖边抽了一晚上的烟，苏阳不抽，周怡抽。

陈曦隔了几天给苏阳道歉希望和好，还帮他买好了飞西雅图的机票。周怡送苏阳到机场说，你终于又笑了，她不理你的日子你每天都像丢了魂。

苏阳从美国回学校那天正好是学校里的一台晚会，周怡唱的是《矜持》。站在舞台上的周怡比平时要端庄也漂亮。周怡跟大叔分手之后情绪总是很差，苏阳常常极尽赞美地赞美周怡漂亮。但其实周怡在文艺部这美女如云的地方算不得出众，再换种说法，在苏阳眼里，女生分两种：陈曦和不是陈曦。

"我从来不曾抗拒你的魅力／虽然你不曾为我着迷／我总是微笑地看着你／我的情意总是轻易就洋溢眼底。

"我曾经想过在寂寞的夜里／你终于在意在我的房间里／你闭上眼睛亲吻了我／不说一句紧紧抱我在你的怀里。"

晚会结束后的庆功宴上，周怡和苏阳一起唱了一首《心酸》。"我曾拥有你，想到就心酸。"周怡突然抬起头对苏阳说："我拥有过你么。"苏阳以为是平时开惯了玩笑，笑笑不说话。周怡说："你闭上眼睛。""干吗？""你敢不敢闭上。""那有什么不敢的。"苏阳闭上眼睛的那一刻，周怡亲了苏阳。像雷击一样，苏阳浑身战栗："你干什么。"周怡喝了口酒："酒壮怂人胆。"

那天的传纸条游戏，周怡总是亲到苏阳的嘴，苏阳极力避免站到周怡旁边，但每次相邻时周怡亲到苏阳都会引起一阵阵尖叫。

从 KTV 出来之后，周怡因为喝得太多蹲在路边吐，苏阳跟一起的同学说："你们照顾好她，我有事就先走了。"

过了好几天，周怡发消息说，我喝多了说不定会做些什么，你别介意啊。苏阳说那有什么的，我又不吃亏。周怡照样和男生们勾肩搭背，亲密无间。虽然苏阳一直把周怡当成真朋友，却从来不跟她勾肩搭背，除了陈曦之外苏阳不跟任何异性有肢体接触。

苏阳与陈曦在大洋彼岸的那次相见并不愉快，两个人还没来得及冰释前嫌，苏阳就看到了陈曦在他俩短暂分手的几天里发给其他男生的一条短信：Can I see you tonight？苏阳问陈曦晚上约人做什么，陈曦说约来谈课题的。

周怡要苏阳陪她逛街，逛完街周怡说不要坐车走着回去吧。周怡说："我昨天看美剧，里面说勾引男人靠外表，留住男人靠头脑，是这样么。""这可不一定，喜欢的话什么都不用，不喜欢的话什么都没有用。""那你觉得我有外表么？""有！""有头脑么？""有！""那你喜欢我么？""什么？""我喜欢你。""什么？"周怡讲了从遇见苏阳开始的情感变化，他为她抵挡前男友的电话时她的心动，为她把酒换成白开水时她的感动，跟陈曦分手带给她的惊喜，复合带来的失落，一起喝酒唱歌的开心。苏阳被震惊到讶异，他以为她跟他是一样的，都是最多开开暧昧的玩笑，并没当真。"所以，你喜欢我吗？""喜欢，当然喜欢。只是我有女朋友。"苏阳并不忍心告诉周怡他从来没有意识到过她的喜爱，如果他知道这个疯疯癫癫的女孩会有可能喜欢上自己的话，他对她肯定会和对其他女生一样保持绝对安全的距离。他与她从来不是一个世界的人，他一直清楚地知道他不可能喜欢这样类型的女孩。

　　周怡却悄悄拉住苏阳的手，苏阳想挣开又觉得不能太伤周怡的面子。这样拉着走了一段路之后，周怡踩着高跟鞋的脚崴了一下。苏阳说我们打车回去吧，周怡坚持不肯。苏阳就这样拉着崴了脚的周怡回了学校。

　　苏阳本打算再也不见周怡，因为他不知道该怎么处理这尴尬的关系，但是因为学生会工作的关系怎么逃也逃不了照面。周怡当着大家的面从不提什么，只是默默帮苏阳买牛奶、水果，提醒他该做的工作和会议，提醒他每天早睡早起。每一件事情都像一个炸弹，苏阳坐卧不安。"我跟陈曦还没有分手。"苏阳说到这里，周怡就会捂住他的嘴巴："你就让我保持一会幸福感，不好吗？"周怡兴冲冲想要亲苏阳，苏阳极力推阻，喊出一句"我爱她"。周怡停住了，两眼红红，说："我知道。"

　　期末考试和新年晚会交错进行，除了工作时在一起，周怡也开始来图书馆上自习了。像周怡这种女孩来上自习，苏阳自然知道是为了什么。一起自习，一起吃饭，一起回宿舍。图书馆出门之后苏阳和周怡的宿舍在相反的方向，走到路口之前，周怡一直半松不紧地拉着苏阳的手。苏阳没有挣脱，周怡也没有握紧。路口的时候，苏阳终于如释重负地甩开周怡的手。周怡说："这么晚了你送我回去吧。"苏阳笑笑说："你还怕人劫色啊，放心回去吧，没人劫你。"周怡不说话的时候眼睛总是像有眼泪，就那样默默看着苏阳。苏阳静了几秒说："好，我送你回去。"周怡一笑："不用了。"她拿出一支烟，点燃，说："我抽完这支烟，我们就各走各的路吧，你往前走，我往后走。"周怡就抽烟，苏阳看着她嘴边的烟头一明一暗，烟气一口一缕。周怡抽烟的样子比她平时美得多，寂寞又忧郁。这个时候苏阳突然想起陈曦，想陈曦抽烟是什么样子，又想到陈曦是肯定不会抽烟的，或者说陈曦如果抽烟的话他也不会喜欢她。"你走吧。"周怡扔掉烟头。苏阳看了她一眼，她在冲他笑，苏阳也一笑，然后就往宿舍走。走了几步，他转头看见周怡还站在原地看着他，苏阳停下来看着几步之外的女孩，有点无奈又有些心疼。周怡走过来，抱住他，亲了他。苏阳没来得及拒绝，他闻到了她的香烟味。没等苏阳反应过来，周怡就自己松了手。"对不起，我真的喜欢你，我忍不住，"她顿了顿，"但我不会再打扰你了，祝你们幸福。"苏阳转身走了，他没有再回头看她，只是背对着她挥了挥手。

　　苏阳结束并不完美的美国之旅回到学校之后，跟陈曦的关系仍然是不冷不热。陈曦并没有把他带给美国的朋友认识，只是不小心遇见熟人之后介绍一句"这是我男朋友 Yang"。陈曦手机里的"Can I see you tonight"一直是苏阳心里的结。发现这条短信的那个中午，一向骄矜的陈曦专门跑了很远的路给苏阳买了西雅图的特色甜点，她说你不要生气了。15 个小时的时差让苏阳的"晚安"和陈曦的"早安"重合。苏阳在每一个被周怡缠绕的时刻都会更加想念陈曦，然而陈曦有她自己的生活，无关苏阳的喜怒哀乐，在社交圈的状态里，不在跟苏阳的交流里。

苏阳开始打游戏。苏阳一直是那种不抽烟不喝酒不玩牌不打游戏的模范男友，然而在远离陈曦接触周怡之后，一切禁忌都慢慢被打破了。苏阳并不沉迷这些，他只是想放纵一下，或者说想找个方式来淡化陈曦对自己思想的占据。苏阳边打游戏边觉得自己窝囊，居然有一天会让一个女孩占据全部思想，若是退回到没认识陈曦之前，他会觉得这简直可笑。苏阳扔下鼠标键盘发消息给陈曦："这样下去我们怎么办。""你决定吧，我听你的。"

周怡发消息说："出来陪陪我吧，明天之后我就消失。"南方的冬天夜晚也很凉，苏阳趿拉着拖鞋出门还披了一条毯子。游戏正打得出神的室友说："欸，大晚上两点你去哪啊？"不施粉黛的周怡站在苏阳宿舍门口的路灯下，连平时用化妆品和时装堆出来的那一点好看也没有了。周怡抽了一路的烟，抽到第四根还是第五根的时候，苏阳说："你别抽了，"陈曦一怔，"对身体不好。"

走到操场，两个人坐在看台上。风很冷，苏阳把毯子给周怡。周怡把毯子搭在苏阳身上，想两个人一起盖，苏阳却轻轻抖了抖肩膀，让毯子从肩上滑下来。两个人有一搭没一搭地说话，每句话间都隔很久的沉默。

"你如果觉得见到我不自在，那我会消失，不得不见的话，我会跟你保持距离。"

"我没这个意思，我们不用弄成这样。"

"我觉得她不值得拥有这么好的你。"

"你觉得我喜欢你么。"

"你不讨厌我。"

"挺多男孩喜欢你的吧，余磊不是经常约你出去玩么，你要不考虑考虑?"

"你别说了。我只是没忍住对好朋友动心了,我知道是我不对。但我不后悔我表白过。要是在遇见我前男友之前我先遇到了你,结果一定不是这样的。"

"如果在遇见陈曦之前先遇到你的话,我一定会跟你在一起的。但是我先遇见了她,说明我们没有缘分。"苏阳这样说着,心里却清楚地知道即使没有陈曦,他也不会喜欢周怡,但他宁愿说谎骗她让她不太尴尬。他实在不愿意伤害周怡,毕竟周怡是他很好的朋友,最好的朋友。

周怡突然往苏阳怀里靠,苏阳下意识地把她往外推,她却一把搂住苏阳。她静静地看着他,眼神忧伤又落寞。苏阳说:"你这样下去我们真的连朋友都没法做了,我不想失去你这个朋友。""嗯。""那你说我们该怎么办。""如果你不想见我,那我会消失。我听你的。"

"你也听我的。你们都听我的。真好。"苏阳找周怡要了根烟,"你别吸进去,吸到嘴里吐出来就行了,别吸到肺里。"苏阳抽了两口,烟就被周怡拿走了。抽烟并没有什么不一样的感觉,没有释放,也没有麻醉。"可以陪我到天亮么?""回去吧,晚上太凉,女孩子身体受不了。"苏阳把周怡送回宿舍,再回到自己屋门口是四点半,屋里这群游戏党正是睡得最沉的时候,怎么敲门都不醒。苏阳在校门外的酒店开了间房,睡到了第二天中午。

一场质量极差的睡眠之后总是有更差的事情让你清醒。比如,陈曦发来一张酒店入住通知的短信截图和言简意赅的两个字:分手。苏阳想起来之前热恋时两个人把学校门口这家酒店的入住记录设置了短信通知，一旦一方的身份证登记入住对方就会收到短信提醒，没想到两年后这个功能竟然真的派上了用场。苏阳不想对陈曦说谎，也没办法解释真相，真相在信任缺失的时候往往是最差的说辞。他盯着手机屏幕看了很久之后回复了一个字：好。还有一条短信是周怡发来的：好梦，再见。

躺在酒店的床上的苏阳突然觉得世界很清静，好的坏的，爱的不爱的，睡了一觉全部消失得干干净净。他就这样躺到下午一点，服务员来敲门通知他再不退房就要多付一天的房费了。于是苏阳爬起来穿上鞋走出了房间。那种感觉有点奇怪，踩在地上感觉不到脚的存在，脑袋飘飘悠悠的像是不知道朝哪个方向看才是摆正了角度。

日子仍然是考试加晚会，剩下的时间苏阳自己也不知道自己都干了些什么，每天都过得很漫长，但是回过头去想又想不起来这一天到底发生了什么。

陈曦要回国了。苏阳说不出是激动还是紧张，室友怂恿他去机场上演浪漫的戏码跟陈曦破镜重圆。苏阳嘴里说着我才不去，但是心里却一直盘算着应该以什么方式什么态度来迎接归来的陈曦。

陈曦下飞机是学期最后一场晚会那天晚上的七点半，苏阳作为学生会副主席本来在晚会上有一场走秀，当天下午四点钟苏阳突然跟文艺部部长说走秀不去了。苏阳出礼堂的时候正好遇见周怡。自从上次之后，两个人第一次这样无法避开地面对面相遇。苏阳不知怎么开口，冷不丁地说了句："你今晚唱什么？""《矜持》。""噢。我没法现场听了，你好好唱。""你要是在，我就不唱了。"苏阳一愣:"我先走了,她今天回来,我去接她。""去吧,祝你们幸福。"

苏阳想过买花,也在心里打过无数开场白的草稿,终于还是空着手一言不发地见到了下飞机的陈曦。苏阳帮她拉着箱子,两个人都一言不发一直到学校。陈曦下车就回了宿舍,苏阳被大家叫到KTV参加这学期最后一次的学生会集体活动。这种聚会对苏阳来说感觉越来越不同了,从一开始绝不参加这种活动,到后来渐渐喜欢上这种活动,再到现在有些惧怕这种活动,这些差别让苏阳觉得越来越不自在。以前来活动最开心的就是看周怡疯闹,现在与周怡的刻意疏远让这种活动变得越来越无趣了。

今天的周怡却像打破了两人原本心照不宣的界限,不仅跟苏阳开玩笑,甚至还坐到了他的身边。苏阳不知道周怡这样是不是因为已经放下了他们之间的心结,但是这如初见时的快乐让他感觉到很久没有过的轻松和畅快。他也开始笑着跟周怡搭话,还跟她一起唱歌。

"拥不拥有也会记得谁/快不快乐留在身体里。"

唱到一些地方,苏阳也会觉得心里不是滋味。他看着这个拿着麦克风疯癫的女孩,抽着烟吐烟圈,喝着酒流眼泪,她或许并不是他一直以为的那样豪放风流。

包夜唱歌,大多数人都是熬到三点就七扭八歪地在包厢里睡着了。苏阳和周怡拿着酒瓶子走到门口,像刚认识时那样坐在台阶上碰一下酒瓶子闷一口酒,只不过以前还能讲讲故事,如今只能相顾沉默了。一旦彼此成为故事的一部分,就失去了分享故事的权利。"你困了就进去睡吧,女孩子别熬夜。""就让我陪着你吧，以后就没有这样的机会了。"

原来冬天的太阳也升起得这样早。当第一缕阳光照进这座城市，每个人都带着自己的不能与别人分享的快乐或者悲伤，选择面对或者逃避。但是，好在日子总在向前走，所有没有好结局的故事都只是还没到真正结束的时候。

蘑菇不开花

那年，我读《萌芽》

据我妈说，我从小就被我爹寄予厚望。在我单调纯白的幼年时代，在别家孩子尽情享受童年的乐趣的时候，我就在我爹的殷切注视下默默写着我今天早上吃了一个馒头，今天中午想吃面条。以至于多年以后当别人回忆着童年里的啄木鸟奥特曼数码宝贝的时候，我只能记起我爹凶神恶煞的眼神和声起即落的巴掌以及一本记录着我多年血泪生涯的日记。然而不管怎么说，我爹是爱我的。虽然中考之前天天威胁我说考不上省重点就送我去挑鸡粪扫大街，但我知道爹在我身上寄托了莫大的希望。

华丽丽的中考把我推进了名躁全省的重点中学，在我踏进高中大门的时候我爹没给我奔驰宝马苹果2008，只是塞给我一部Nokia砸核桃机和一本《萌芽》。我爹说，娃，好好写作文，写好了咱也跟韩寒一样考大学。我爹是个很有前瞻性眼光的人，从我高中伊始就给我定下了通过"新概念"作文比赛走向名牌大学的"曲线救国"方针。作为一个不怎么爱学习的孩子，我挂着谨遵父命的招牌，在每个午睡时分，把牛顿欧拉阿伏伽德罗通通扔到床底下，无限景仰地抱着一本被班主任封为"禁书"的《萌芽》，跟着书中的故事醉生梦死。那年看过的所有故事中最具有纪念意义的是一篇有关大树小树城市乡村的意识流小说。那篇小说开启了我人生道路的新篇章：那天中午看这篇文章看得我失眠了，从那天开始，我就与失眠结下了不解之缘，至今仍在它吞噬性的魅力下挣扎婉转欲罢不能。

那年，我学习挺好的。我是顶着成绩全班第一的小光环开始高中生涯的，虽然一直不努力学习甚至经常不完成作业，但是成绩单上的名次总还算得上是差强人意。在那个成绩说明一切的年代，我还是被归为聪明懂事遵纪守法的好少年一类。虽然我铁了心要证明自己是个坏孩子，但是人言总是那么可畏，三人总是能成虎，于是我就在大家公认我是好孩子的舆论压力下逐渐接受了我是乖宝宝这个既定事实。然而，舆论氛围有多浓烈和世俗偏见有多残忍没过多久就完全显露出来了，在我的Nokia砸核桃机被老班搜走之后，在我的成绩划破前三百之后，我就自然而然地成为一个坏孩子。与之前情况相同，我费尽了心思喊破了嗓子都没人相信我是个好孩子。现实就是那么赤裸裸，从来没人在意这个是不是你真实的样子，成绩说是那么它就是。

那个时候，我还不懂爱情，生活中除了爹妈、《萌芽》，就只剩下朋友。我的手机费从高中起就是我生活费中很大的一笔开销，我跟那些散落在天涯海角的狐朋狗友聊天能聊到手机发烫耳朵嗡嗡叫。那个时代的聊天聊得很单调，骂骂难吃的饭破旧的楼写不完的作业；同时那个时代的聊天也聊得很励志，我们哭得鼻涕眼泪抹满脸却还是顽强不屈夜以继日地谈理想。所谓理想，就是你在暗无天日的生活中为之坚持活下去的那一丝光明，真实遥远却至关重要。

我那时候想去燕园。写下这句话的时候，我觉得我恬不知耻到一定境界了。但是我当初的确这样想过。年少轻狂的时候一定说过许多不知天高地厚的痴人梦话，年老体衰的时候想起来会不自觉地嗤笑起自己，然后笑啊笑啊笑到无言。在我们数学老师以一种不屑却又满怀深情的语调激励我们"你们一个个的有本事考去上海啊"之后，我那颗少年无知的心脏又朝向上海奔驰不已。高考和现实在那时对于我来说就是个屁，从没受过打击的幼稚少年就像个无所畏惧的冲锋手，向着子弹飞啊飞啊，被流弹炸得血肉模糊还能乐呵呵地傻笑。现在想想觉得自己当年不曾努力却总想着收获果子的行为简直是厚颜无耻，但是我依然感激曾经那么疯狂地放纵过年华。人生总要有些败笔才够完整。该来的总是得来，当年摔得鼻青脸肿，总好过现在跌得屁滚尿流。

那时候，我想高考结束了去山村支教。那时候，我想哪天拎起个箱子单人旅行。那时候，我想睡一觉起来就能看见我洁白无瑕的试卷上充满诱人的红勾。

那年，我赖以生存的是我爹送给我的那一本本《萌芽》；那年，我喜欢生自上海，长在燕园，梳好看的头发，写好听的故事的夏茗悠；那年，我喜欢告诉我"人活着要轻盈如一双翅膀而不是一根羽毛"的喜世。那年，我还正值青春年少。

我一直记得那些陪我冲着温暖的阳光说胡话的人们，也记得那些曾经脱口而出金光闪闪的梦想。他们与我那些黯淡无光的失落一起，让我那段几近没落的年华也能熠熠闪光。

那年练就的失眠神功让我在高三几近精神失常几度回家养病，自然的结果就是 2010 年的高考并没有把我带进燕园，也没有把我带到令我心驰神往的上海。新概念作文大赛我是去了的，却并没能走得很远。但另一个大赛的一等奖让我拿到的北航自主招生的三十分加分也不算完全负了我爹这么多年对我的期望。2010 年，我来到江南，开始了我新的旅程。

我总觉得人生不失望不放手，一直坚持走就是好的。我总觉得生命不凋零不枯萎，坚持生长就能开花结果。我总觉得故事只要有过开头，就一定能有结尾，好的坏的，我一样珍惜。一路走来，阳光很好。

那年夏天

为什么会不念呢?

因为曾经走过,因为不曾忘记,因为那是我们最后一段的少年。

高中毕业了,终于再也没有老师家长"十年寒窗,只剩今朝一搏"的谆谆教诲,长长地吁一口气,将高三的压力苦恼全部吐了出去。高考结束的确让人有种重生的感觉,散伙的那天晚上我们大叫着说:"没经历过高考的人就不会真正成熟!"分道扬镳前,刚开始还呵呵笑着说:"好好奋斗啊,混不好别说认识我啊!"但怎么乐着乐着,眼角湿湿的呢?舍不得吧,舍不得那些陪我们走了那么远的同志们,舍不得这段飞扬的青春年少。

或许,这是我最后一次放肆地大叫着说"我还是个孩子!"。我不能再说我是个孩子了,虽然我还没满十八岁,但我将背上行囊,一个人到很远很远的地方,到我的大学。我要坚强,要扛起自己的未来。

或许，要一个人吃饭、散步、大哭；或许，要学会用博大的胸襟去包容；或许，要学习越来越世故的应酬；或许，要交一些很容易相忘于江湖的朋友……关于大学，听过很多很苍白很现实的解释。我不能再像个小孩一样，发小脾气；没法再交一群吵过架立马又一起吃冰激凌的死党。我想要成长，我期望自由，但是我并不乐意做这样的交换。

听陈翔唱一首唱到哽咽的《年少轻狂》，我知道我还年少，只是，我已走过了我那轻狂的少年。我不知道如果我穿着大学的校服大唱着《小小少年》，会是什么样的感觉。大学，这样一个关于成长的分界岭，我们无论如何逃不掉了。

那些被学校极力打压的小情侣们也各自拥抱，各奔东西。无数人告诫我们：从今以后，再也不允许有这样不问明天过后会如何的爱情了。而那些愿意陪我花一节自习课在楼顶哭着聊梦想的人们，去哪里了？今后，是不是还会有这样的朋友，愿意浪费自己宝贵的复习时间照顾我的崩溃？

或许有，或许没有。但我们还是好好的。我们很迷惘，不是我们太过脆弱，只是因为我们太在乎，太愿意得到，不愿失去。太贪心了，是吧？但是，我们没有萎靡不振放弃未来，我们依然信心满满，仍然充满战斗力，仍然那么意气风发，那么"90后"地向前杀！只是偶尔多愁善感地回忆一下我们的青涩年华，偶尔湿了眼眶。

在这个夏天开始听许飞淡淡的吟唱：

回忆好像天上片片繁星/从不曾被时间忘记/当阳光照亮

提醒黎明的苏醒/我们都试着学会抛开过去/我知道风会带来关于你的消息/也知道浪漫天真终会远离/在心中泛起那小小涟漪/是风吹过的痕迹。

——《夏天的味道》

我愿相信,时间倒退/记忆的最美/合起双手,闭上双眼/再许下心愿/在某一天,回到从前/让他们都出现/当他们没改变/让时钟停在那年的夏天。

——《那年夏天》

2010：一个人成长

2010年，我十七岁，这是我未成年的最后一年。这一年里我经历很多第一次，也逐渐学会一个人成长。我走着成长的路，经历过些许磨难却不觉孤独，跌倒过很多次却依然骄傲。

2010年的上半年我挣扎着和一个叫高考的家伙搏斗，这六个月里，我被它弄哭过，我感到委屈过，也觉得无助过。面对高考，我只能一个人作战，因为只有我才能知道我有多累，有多苦，有多想哭，我拼尽全力绞尽脑汁要与这个强悍的对手一决胜负。2010年上半年一位叫作高考的老师教会我很多道理。它教会我成功需要方法，埋头苦干不一定能得到成功；它告诉我竞争中朋友也是敌人，但是无论境况多么残忍依然会有温暖的帮助。面对高考，我只能一个人作战，因为只有我才能让我选择战斗，选择屹立，选择积极向前。2010的上半年，我经历了高考前的折磨和蜕变。高考结束的那天晚上，躺在宿舍的床上，我记得我们开玩笑说："没经过高考的人不会真正成熟。"高考把我逼疯了，同时它也用一种疯狂的方式教会我镇定，教会我坚持。

2010的下半年，我背起行囊，远走江南。妈妈离开校园的那一刻起，我就开始了一个人的闯荡。刚到锡城时，日子过得是挺苦：顶着大热的太阳，吃着别扭的南方饭，说着被人纠正的儿化音普通话，晃在很容易迷路的校园。当时最怕给妈妈打电话，一拿起话筒，就泪如雨下。但是，我终于还是慢慢适应，慢慢站稳脚跟。我一个人把大校园转了几十遍，虽然迷路了十几遍，但终于慢慢告别了"路痴"的身份。我一个人轰轰烈烈地搞了一场世博游，乘兴而去乘兴而归。我开始学会一个人照顾自己，设计自己的小窝，给自己买衣服，规划自己的课程和人生。

2010年，我第一次离开我生活了十几年的故乡和我亲爱的父母；第一次一个人在晚上十点钟拎个大皮箱坐14个小时的火车回家；第一次当"一手遮天，地上无雨"的班长；第一次参加传说中的舞会和联谊；第一次参加大型活动的策划和执行；第一次试着把领导当成朋友……2010，给了我无数的第一次。

2010年，我经历了高考，上了大学；我学会适当沉默，适当低调；我试着更加成熟地做事；我试着更加真诚，更加宽容，更加豁达。我愿意相信这个世界是美好的，至少我愿意相信我可以更快乐！……2010，给了我无数的骄傲和成长。

> 推开夜的天窗/对流星说愿望/给我一双翅膀/让我接近太阳/我学着一个人成长/爱给我能量/梦想是神奇的营养/催促我开放。

有关十八岁

序

　　昨晚睡了将近十个小时，放暑假以来第一次享受这么高的待遇，很满足。昨晚做了很长的梦，梦见那个教我认识吉他的小孩，梦见他依然明媚的笑脸。很久没见，却像从未分开过。其实，我们很多年不见了。我不知道怎么突然梦见他，他说要带我走。我哭了。很多年过去了，我还是希望听到一句带我走。我还是想走。只是我清醒地说我不能走。醒来之后觉得很难过，难过的是我在梦中都不敢勇敢一次。我梦见我放开他的手，然后转身离开。

　　转身离开。很多年前，同样的场景。转身，离开。很多事情，转身，就永远错过。

一　明年今日

翻开从前写的东西，看得湿了眼眶。记起当初小鸭子曾经说过，读我写的东西会有种特殊的感觉。当时读来读去都读不出那是什么样的感觉，时至今日，我终于感受到了那些特殊。只是，那些真诚和真实，我终于不知遗落何处。我终于再也写不回当时，我把自己搞得面目全非。怨不得时间，更怨不得谁。

时间终究不是解药就是毒药。Ice说看完电影《将爱》之后，脑袋里满满的全是《将爱》。《将爱》，十年前他们谈着爱情，十年后物非人非。很多事情终究敌不过十年。之前，之后。人终究会在时间里来来回回地穿梭，时间也终究在这些人中来来往往。个中体味，冷暖自知。

陈奕迅的《十年》粤语版叫《明年今日》。明年今日，我们会在哪里，是否还识得彼此，是否还如今日一般亲切相知，又或许你早忘却了我的名字。再或者明年今日，我早已忘记了我们曾经相识，见面只能温婉一笑，甚至即使相遇也再认不出彼此的样子。

去年今日，你是否想过一年之后我们是这般的生疏，电话几经更迭，竟不知哪个才是你的号码。去年今日，你是否也想过，看着镜中的自己，眉毛眼睛陌生到像是另一个人的样子。去年今日，谁会想到，今年今日，我是这般样子，无论好坏，都摆脱了曾经的能幻想到的最大范围。

生活的意义和滑稽之处便都在于此，你不会知道，时间将带与你什么，但无论带来的是毒药还是解药，都能关乎你人生中全部的眼泪和笑容。

明年今日/别要再失眠/床褥都改变/如果有幸会面/或在同伴新婚的盛宴/惶惑地等待你出现

明年今日/未见你一年/谁舍得改变/离开你六十年/但愿能认得出你的子女/临别亦听得到你讲再见

——陈奕迅《明年今日》

二　生日快乐

关于我的十八岁生日，有很多话讲。我其实并不知道我会在美丽的江南度过它，因为每年的生日都在暑假。得知今年的农历六月初四是阳历7月4日之后便打算回家过7月22的阳历生日了。只是，我完全拦不住了。距7月4日还有很久的时候，就开始收到空间礼物。第一个礼物到来的时候我才意识到腾讯力量的伟大，它能记得我完全记不得的日子。收到的第一个生日礼物，心里有些怪怪的感觉。终于只是跟于小民在电话中说说无以言表的心情，很多故事，都应该烟消云散了。

十八岁生日之前，跑去把头发烫成小梨花。烫头发的原因很简单：我只是想在标志着我正式变老的十八岁那天做些什么。在做头发前的三个小时里，我一直在跟于小民打电话，说了些什么大抵不记得了，只是记得她说如果我要烫的话就烫个夸张的，明显些，要有焕然一新的感觉。我说我不要，我就想这样小小地烫一下就好。后来，我把刚烫过的头发在两天之内洗了不下二十遍，洗了吹干，干了再洗，我用尽全力要把它重新弄直。后来，宁宁说，你就是想烫一下，而不想让头发变弯。我想了想，的确是这样的。我还是喜欢直直的头发。再或者，我只是喜欢过去，喜欢过去的一切，好或坏都无所谓。改变了过去就意味着背叛了自己。

现在的头发半直不弯，用大通的话说，像是睡觉把头发睡乱了的样子。妈妈压根没有看出我头发烫过，只是幽幽地说："你的头发可以再去拉直一下了。"

说实话，对这个结果，我很开心，也很满意。我记得一直以来，我都会干这种怪怪的事情，然后搞一些怪怪的结果出来，等着Ice夸我有出息，等着Lemon一脸无奈地说"你呀"。

生日正直军训也算是个美丽的安排吧。7月3号晚上有没有晚训我记不得了。我本来也有些什么小小的计划，却什么都没做。有时候，忽然一下子就累了。不想说话，不想动。我默默地看了一晚上的月亮，从深夜到凌晨一直到晨光熹微。有时候我愿意很安静地享受寂寞，或者欢喜。

至今都不太愿意承认十八岁生日已经过去了。其实，我为十八岁偷偷哭过好几回。只是它真正到来的时候，我就傻傻地看着它过去了。我什么都没做。那一天和所有的其他天一模一样。

三 国王皇后

　　十八岁生日的时候，同桌发消息说，你以后不能再胡作非为了，以后要为所做的事情负责任了。可是，妈妈送我的生日礼物是：不管发生什么，她都给我顶着。于是乎，我还是不用长大，不用自己负责任。妈妈最知道我要什么。我只想要一个怀抱，给我温暖就好。我只想要满满一大车的安全感，能让我有足够的底气仰天大笑疯癫前行。

　　我还是给妈妈惹很多麻烦回家，只要我说我不想，妈妈就可以把一切都搞定，不管对错，她永远站在我这边。我想，我这一生都不会再遇见这样的人，能给我这般的安全感。

　　我还是任性，还是为所欲为。只是被冷藏了太久的自己，突然不能适应这样真实的自己。那天劝 Lemon 不要戴上面具，因为戴久了，面具后面的脸也就逐渐不清晰了。那天 Jane 跳上桌子唱《国王皇后》，她转圈跳跃的时候，我觉得她美极了。放弃了很多东西，却也会舍不得很多东西。原因就是跟一些人在一起的时候能听到自己心跳的声音。

　　这世界很小，兜兜转转，国王皇后总会碰头。千帆过尽之后，便知道自己想要的到底是什么。

　　这世界有很多民心所向万人景仰的惊世天才，也有很多热血沸腾却郁郁难得志的青年。振臂一挥自是风光，闲云野鹤也未必不是风流。这世界有很多位置，也有很多选择。很多事我经历过，便已足够。很多风景我看过，便知它并不属于我。我想要过最适合我的生活。

国王皇后/总算碰到对手/国王皇后/现在开始交手/国王皇后/绕了一圈地球/国王皇后/爱到无药可救

——大嘴巴《国王皇后》

四 谢谢侬

左手腕扭伤之后一直没有动过我的吉他，大学之后也基本上没有动过我的铅笔。我终究不知道是怀着怎样的心情结束我的大一生涯的。很多年后，我还是很脆弱。只是，我从不后悔所有的决定。失去的同时也得到很多。永远是值得的。

我还是谢谢很多人在我哭得稀里哗啦的时候能坚定地说爱我。谢谢于小民能说永远在我身边，谢谢梓洋的号码永远是我十二点都能打出去的电话，谢谢在我很难过很难过的时候愿意陪我的鲨鱼宝宝，谢谢有人能陪我哭，谢谢很多人能出现，或者曾经出现。

我不知道长大之后会不会越走越孤单。我也不知道我现在握在手里的还有多少，能陪我一直到未来的能有多少。我害怕，或者说从来不曾勇敢。谢谢很多人能一直在我左右，我很感激。

我只是突然间明白很多人很多年前跟我说过的很多话。明白很多人的苦笑，明白很多人的不屑一顾。很多东西终于是看戏的不懂戏里的个中辛酸。一直都很脆弱，也很敏感。记得很久以前因为谁的一句话删掉那篇《那些依稀温暖的流年》,跟梓洋说起,被他笑话说小心眼。恰巧在前天晚上看见纸质的原稿,心里怪怪的感觉。其实,懂与不懂,爱与不爱,无关紧要。那么深重的愿望,谁能背得动呢?流星会累的,哪里顾得上那么多的心愿。只是很害怕,会一不小心丢了我所有的幻想。

岑夫子,丹丘生,将进酒,杯莫停。与君歌一曲,请君为我侧耳听。钟鼓馔玉不足贵,但愿长醉不复醒。

——李白《将进酒》

结

如果可以,我愿意带着梦想,走向天际。

如果可以,我会兑现我所有的诺言,唱着歌,重新开始。

十九岁

我长大了。长大这事不是你说你大了你就大了的,同时,也不是你赖着不走你就是永远花开朵朵的十八岁。长大这事对于我来说就等同于可悲。因为我把我厌恶的自己发生的所有方面的变化说与别人听时,人家都给我总结成:你长大了。我一直执着地告诫自己这是对自己的一种背叛,它戴了成长的面具,因此才不那么面目可憎。然而再怎么想逃离,也终是越陷越深。这就是我不能逃避的时光流逝带给我最讨厌的礼物。

我并不是完全讨厌成长。成长这东西明显是时光一个美好的馈赠,至少我在十八岁生日那天暗自庆幸从今开始谈恋爱再也不算早恋了。大学两年我成长了很多。好的坏的,无从取舍。只是我固执地相信人生就是个零和游戏,我得到的那些光荣总归是拿了心肝血肺去换来的,得失之间只是显隐性的基因表达而已。

问卷问我,你最后悔的一件事是什么。我填了"无"。不是没有过后悔的事情,只是都微不足道,以至于问我"最……"的时候我一件都想不起来,更何谈"最"呢。说起之前短暂的人生中那一次次的大步,我从没后悔过。因为这摔跤和吃糖总是相辅相成的,就算当初选左的倒回去选了右,当初坚持的倒回去转了头,结果仍然是我不后悔。这根本是无关选择的一件事,而是失去和得到这杆秤从长远来看永远是平衡的。

我挺感激我自己想跑的时候就跑,摔了跤还抹抹眼泪涎着脸冲人家赔不是的经历的。然而鉴于我长大了这个理论,有很多事情我再也不会那么做了。总有人让你哭过,你就学会再也不让第二个人把你欺负成那个样子。我很感激,我摔下去的时候有人扶着我,也让我从小心翼翼察言观色终于越长越坚定。

从蘑菇头到长发飘飘我用了两年。说起这两年中跟着我这头发长长短短一起经历的故事,让我讲讲我就又想起了这八个字:如人饮水,冷暖自知。就跟"呵呵"一样,这八个字也是万用总结句式。对于我这种一讲故事就免不了添油加醋断章取义的人来说,不讲才是对的。一讲就把自己绕到沟里去了。

看我自己的日记,从电脑里的到日记本里的,就跟漫天飞舞的毛毛虫似的,弯弯曲曲,扭扭缠缠。从去年到今年的日记总共加起来可能有个十页吧。到了暑假这个时候,就像"2012大事记"一样,打开电脑啪啦两行字,"悟以往之不鉴,知来者之可追",承上启下似的抒发一下社会主义好青年的高尚情操。

自从听过《情歌》之后我就记得了这个句子:放开了拳头,反而更自由。我一直忘不了曾经的一个英语老师在办公室里讲过的一个故事,她说你拳头握得越紧沙子流失得越快。我糊里糊涂十几年的读书生涯,我最最感激的是我初中的日子。小学和高中甚至现在的大学我都没遇过那么放任我的老师们。我总觉得人和人之间所有问题的症结都来自于信任。你信任我,那么我就是对的。

我不知道从什么时候开始,写的东西里再也没有人名了。或许在我潜意识里我是想把这些人藏起来,好好保护他们。因为晒在外面总是要接受风吹雨淋的。如果说我什么时候开始长大的,我想是从我试着接受冷漠开始。就是我知道了不管发生什么,都不会有人帮我扛,我也从没产生过这样不切实际的想法。所以我一度以为自己有金刚不坏之身能够万毒不侵。这样的句子后面自然会有转折句,"然而""但是"总能引领开头然后讲出一个凄婉缠绵感人肺腑的故事。然而我厌倦了讲故事,过去就放它过去吧。那过不去的留成了心中最宝贵的财富,让我记得我有多富有,这世界待我有多丰盛。

如果一个人走得一帆风顺,从没跌过跤,受过挫,跑得贼快还没有把脚丫子割得一道一道的鲜血直流,那么这一路上肯定有其他的人替他流了那些泪,受了那些苦,踩在刀尖上一步一淌血。明艳的花儿背后一定浸透了泪泉,洒遍了血雨,你没有,那么爱你的人替你做了所有。

二十二岁

　　成长总是不知道发生在哪个时候,但当回头才发现今日的自己与昨日那么不同。

　　我曾嘲笑齐刘海蠢,没多久就去剪了个锅盖头;也曾嘲笑开车去健身房的人,如今也是骑着电动车到了屋里才肯迈开步子。我们可能都会成为自己以前嘲笑的人。

　　我买了一堆护肤品。岁月在脸上刻下的痕迹比在心里刻下的更多也更明显。不知不觉我到了我小时候最想到的年纪,我可以决定自己的生活,做任何想做的事。

　　我一直热爱冒险,也热爱自虐。终于把自己折腾到咬着嘴唇哭咬出血印来也没人能给句安慰话。我热爱这样往前滚的过程。往前,脸朝地,滚。

　　我一直觉得,如果不曾经历痛苦和磨难,果实即使甜美也不深刻。所以我乐于扔了甜果子,又去跋山涉水摘一只差不多的果子。我知道结果一样,但我热爱这个过程。

　　我想我从来没有后悔过。在每一个还能蹦得动的日子就尽情做一只跳蚤。去最远的地方看最想看的风景。

我这个人有很多缺点。我只佩服我一个优点：我能打赢自己。在每一个和自己打架的日子，我都觉得我胜过了自己。

在每一个最难熬的日子里要笑出声来。听过这句话后我就真的笑了。其实没有什么熬不熬得过。你说可以，那就可以。

我很感激 CD，感激它的知遇之恩，感激在那里遇到的每一个人和每一段经历。它告诉我社会没那么可怕，告诉我职场没那么复杂，让我知道我确实应该不断往前再往前。

我感激我的父母在我每次赌着玩的时候都愿意把筹码押给我。我也感谢我的弟弟让我想到这世界有一个人跟我流着同样的血液的时候觉得活得一点也不孤独。

我最好的朋友结婚的时候我哭了。感觉像是嫁女儿，自己的一部分从此给了别人的感觉。想来我出嫁的时候我妈一定不会舍不得，即使哭也是喜极而泣，毕竟我妈最怕我这辈子嫁不出去。

考研结束那天晚上我喝完了一瓶雪花啤酒。有人能陪你度过每一个最冷一天，我就敢勇闯天涯。

我谈了五年的异地恋，今年五周年的时候我们竟都没有记起来，糊里糊涂就错过去了。但我觉得爱情最好的事情就是让你一直不停地成为一个更好的人。

你要静候，再静候，就算失收，始终要守。

——《葡萄成熟时》歌词

青春修炼手册

如果你觉得你老了,那么就去和年轻人一起出行吧,你会在他们身上找到死去的自己,你会带着激情和力量重新生长。

其实,没有必要太在乎别人怎么说,你是美丽的,这就够了。每个人都有自己美丽的独特方式。你就是你,与其他任何的别人都不相同。

每个人都有一个真实的样子,我们都没有必要去为了迎合他人而变成其他的样子。能做最真实的自己那就是最美好的事情。每个人都会因为独一无二而变得美好。模仿可以变得美丽,但不会变得美好。

如果你想做独特的人,那么请你做你自己。

我们都在不经意间与周围其他人做着比较,我们希望自己是人群中最美丽的人,是大家都喜欢的人,每个人都在潜意识里希望自己成为焦点。可是这样,不经意中渐渐地破坏了本来很美好的氛围和人际交往之中的感情。其实人与人之间本来很简单，但是潜藏在内心深处的相互较量和比对，让彼此渐生隔阂。每个人都有独一无二的美丽，自信才能让世界更美好。

我们都应该相信自己的美丽，不要因为周围有了其他和自己一样或者更胜一筹的人而闷闷不乐，一心想着证明自己比别人优秀。其实，一个人的美好不会因为其他人的存在而减少半分，仍然会有人看得见你的美好和动人，你仍然是人群中不可磨灭的美丽。

没有人夸奖和搭讪不能证明你不优秀，只是每个人喜欢和欣赏的风格不同。我们都会遇到喜欢自己的人，也都会遇到对自己不感冒的人。被人喜欢是件美好的事情，被人忽略也不能证明自己不够好。每个人在自己心中都有一个既定目标，都会一杆秤在权衡，不是你不好，只是别人更适合他的那杆秤，就像你也会遇到更适合的那杆秤一样。

人没有必要用别人的追捧来衡量自己的价值，人群中声音最洪亮的人不一定是领导，队伍中话最多的人不一定最有号召力，受最多人搭讪的不一定是最优秀的女孩。每个人心里都有很多秘密，其中一个，就是隐藏最欣赏的人。

当你在做一件正确的事情的时候，总是有那么多人在嘲笑你。可是，当你成功的时候，又有那么多人在羡慕你。这本身就是世界。如果你想成为一个传奇，就不要惧怕先成为一个疯子。而其实，如果你不想被人称为疯子，最好的办法就是你不告诉别人你想做成大事。等你成功的时候，你可以得意扬扬地炫耀你的奋斗史，那时候你会知道你当初咽下的所有石头都开成艳丽的花朵。再或者其实那时候你什么也不想再解释，我们都应该坚强而勇敢地面对这个世界，软弱和泪水不要讲给全世界听。总有一个人会给你一个温暖的怀抱，抚慰你所有的孤单和落寞。

我们都曾那样喜欢过一个人，因为喜欢而喜欢，单纯浪漫而且勇敢。

我们都应该轰轰烈烈地爱上一场，爱上一个痞子，一个疯子，一个流浪诗人，爱的时候疯癫至极，爱过之后疼痛异常，再最后那变成一场最真实的梦境，提醒我们人生不是从头到尾这样庸碌而平常。

这世界有太多人教我们理智，让我们学会怎样选择，怎样权衡，大家都在学着稳稳当当的过日子。我们在慢慢的教导中，学会理性地去走人生的每一步路。其实我们都应该听着心脏的声音过日子，人生就短短几十年，为什么要浪费时间图个安稳，而不是轰轰烈烈做自己想做的事情呢？短暂的人生里，我们应该做些什么才不算枉费了这样一次盛大的机会呢？

我们应该去跑，去跳，去见识最远的地方，爱最想爱的人，成为最想成为的故事。我们都应该跳出这个所谓安稳的牢笼，做最真实的自己。人生如果在年轻的时候还没有迸发出这种张狂的力量，那么整个人生将永远不会年轻。

年轻是一种力量，年轻是疯狂地跟着自己的心脏做一场盛大的旅行。年轻就是不怕摔跤，不怕受伤，年轻就是应该用一颗裸露的心脏去承担这个世界最锋利的刺伤。我们应该像一个嬉皮士，有爱有心有梦想。

其实，这世界上的事只在于你敢不敢。敢，或者不敢。

你为什么要悲观。

我们总是这样，被记得的人遗忘，又被遗忘的人记得。兜兜转转，才有了这个世界的百转千回，有了温情和冷漠，有了悲伤婉转，有了最美好的想念和最伤心的遗忘。

陈凯歌与王家卫

电影看累了，决定静下心来写点东西。

从陈凯歌开始看起，看到王家卫。《搜索》《霸王别姬》《梅兰芳》《花样年华》《重庆森林》。一场都没看哭，或许哭过，只是泪水贡献给哪部电影了，我早已不记得了。

我昨晚躺到床上的那一刻开始，觉得自己应该写一部小说。之所以下这样的决心，是因为心里有了一个很好很好的情节。现在想想，居然是没人写过的情节。只是我当初答应过爸爸，有些东西绝不抬手写，于是，那个小说可能还会写，只是不能那么写。

前几天游游给我一篇稿子。看到的时候我开始意识到很多时候笔锋的渐渐成熟真的是慢慢摔跤摔出来的。很长一段时间我不敢下笔，因为太害怕，我怕写出来之后什么都不是。其实我最清楚，什么都不写才是真正的什么都不是。

我一直很喜欢金星。从见到她第一眼开始。那是一种超脱的美，坚强，坚定，坚韧。这世界有太多人的美，美得单调而无质感。大街上一抓一大把的美女让人心驰神往，让人愿意抢来做新娘子，但是与真正的美相比那种美孱弱而苍白。有人美得让人仰视，让人敬佩。那自然不是能用男女之间的倾慕所能表达的，那是一种人与人之间的敬佩和尊敬。

我以前一直很纳闷刘若英怎么能喜欢陈升那么久。直到我看到陈升坐在椅子上拒绝刘若英跪着递上的唱片时，我觉得我看到了一个男人贱到骨子里的骄傲。然而他的解释又让我原谅了他的自大，他说，你用生命做出来的东西怎么能轻易送给别人。那一刻，我觉得我也是敬佩他的。他一语道出了我很长一段时间来心里那一些不能言说的疼痛。他是聪明的，也是狡猾的。

我突然发现看人是一件很有满足感的事情。我开始憧憬有一天也会拎一台电脑，坐到一个咖啡厅里，看来来往往的人，写一个或好或坏的故事。然而这想法终究是太过理想化，我知道一旦我坐到那里，就再无闲适的心情去看人看物，我太了解自己。

王家卫也是聪明的。成功的男人都聪明。不是斤斤计较精于算计的小聪明，这世界上纠结于小事的男人永远不会成大事。王家卫说话的时候我觉得他有一种王氏独特的魅力，一种气场，一种由成熟的智慧和历练的气质带来的气场。然而当你看他时你又觉得他是真诚而单纯的。

爱情里有太多考验，需要太多支持。两个太高傲的人走不到一起，不是因为爱不够。而是因为其中一个或者是双方，不敢爱。

敢不敢。

这世界上所有的问题都能用这三个字解决。敢，不敢。

你敢不敢。

如果多一张船票，你会不会跟我一起走。

如果多一张船票，你会不会带我一起走。

人生就是这么多机遇和错过，你敢或不敢决定了今后这条路是怎样的规程。

我一直是一个怯弱的人。我怕极了落荒而逃，于是在战役打响之前就拎了鞋子鼠窜而走。我一直跟人说，我输不起，我不能输。于是，我就一直没输。因为我从没押过什么大宝，于是我一直没输。没经过什么痛彻心扉的苦，也没经历过堕落而放纵的年华。

我一直在想，人是应该清醒地活着还是应该放纵地去奔跑。

如果我老了的时候，我开始回想人生时，我是会惆怅我今生从没为释放过我奔驰的内心，还是会因为我没有管控好自己的理智而后悔。我不知道这路该怎么走，于是就哪也没走。没跑也没前行，于是就诞生了我这样无为而庸碌的人生。

我想我们都会这样爱上一个人的味道，他笑，他走，他举手投足，甚至他只是站立，我们都会无限地热爱他这个人。

我们总是会怕一些事怕一些人。然而我终于在清醒时还是会相信，只能让自己变得更加优秀，而没权利把别人限制到自己画的圆圈里。

我还是想写苏阳和陈曦的故事。兜兜转转，这个故事已经写了两段。从分手开始，到分手结束。我们都那样深刻地爱过一个人，他来了他走了都是最触动心脏的那个童话，砰砰跳动。

我眼看着夏茗悠长大了，变老了。语句里充满了看破红尘之后回头普度众生的沧桑感和优越感。我开始讨厌她甚至是厌弃她。我讨厌真实而干净的女孩变成一个腌臜而污浊的女人。那浑身上下散发出来的小市民小气而庸俗的味道，让我觉得这世俗真是一把杀猪刀。

我们都不小心爱过一些人恨过一些人。于是这世界充满了爱与恨，正负中和。我们总是被忘记的人记住，却又记住忘记自己的人。这世界滑稽而幽默。

我开始毫无节制地看电影。更多是中国电影。陈凯歌的片子看到只差看那部臭名昭著的《馒头血案》了。王家卫的《重庆森林》早就如雷贯耳，今天终于如愿以偿。看完之后大家都在毫无节制地捧王菲和梁朝伟。我觉得我最幸运的一点就是，我在看电影之前不知道这片子的主角是哪几个，也的确认不太清他们是谁。于是我不喜欢那个百分之百二货王菲，而是喜欢有味道的林青霞和患了失恋恐惧症的金城武。我喜欢金城武买了三十罐即将过期的凤梨罐头，然后吃到胃胀，去酒吧喝酒消食，然后又决定进门的第一个女人他将爱上她。这一切都像一个单纯的孩子，干净美好毫无杂质。

而633失去空姐之后，开始跟房间里的一切对话。开始安慰流着泪的毛巾，温暖寒冷的衬衫，教导流满眼泪的房间。我曾经以为你是最坚强的，却没想到你竟哭得这样凶。

《重庆森林》里活着两个干净而美好的男人，王家卫把两个人刻画得细腻而生动。我不知道男人会不会喜欢看这样的片子，我不知道王家卫这样的手法会不会博得男人们的票房，我只是觉得这片子不够文艺，却又全部都是文艺的影子。它太干净，又是那么真实。这世界谁没两个致命旧爱侣，失去了连听到春天也恐惧。

陈凯歌的电影是摧毁系，让人知道这世界是多么残忍与无情；王家卫的电影是治愈系，他告诉你，这世界傻子有的是，你不过是其中一个。

《二次曝光》：
一场幻觉曝光的心灵伤痛

　　《二次曝光》是在各位看过的朋友的非正面的评价的驱动下下载的，看完之后觉得并没有传说中的那样让人失望。

　　豆瓣影评给了它六分，不算高分，但总算是及格了。范冰冰火得太浓烈，导致人们对她的评价不能公正而实在。有人说这是范冰冰的个人秀，听起来有点可笑，哪场电影不是演员的个人秀。像很多热捧的电影影迷们不都是拼了命地为作秀的演员叫好么，为什么到了范冰冰这里，这也成了个错误呢。

　　人不能太红；太红也不是错，不要太火；火也没关系不要太漂亮、太有才、太聪明，而且还太坚强。范冰冰说过一句话：我能承受多大的诋毁就能接受多大的赞扬。这是要有多么强大的内心和超人的智慧才能说出这样的话。范冰冰跟林志玲不一样，林志玲嗲、柔、媚，充满诱惑性和挑逗性，而范冰冰的美更加硬朗，更加率性，更加强大。

　　一个女人要想做出一番事业，需要很多的因素，要美丽，要聪明，最重要的是要有一颗强大的内心。不管林志玲还是范冰冰，能走到今天全凭美貌的说法实在是不够客观公正。《二次曝光》是范冰冰和导演的第四次或者第三次合作，说到底，我并没看过她之前拍过的电影，对她最深的印象停留在《还珠格格》"金锁"一角，而后更新的印象就是她自拍自导自演的《胭脂雪》。

对于大家大量的口水，我给《二次曝光》至少七分。说它是高分片，我也的确不能这样说，但是故事的讲述很吸引人，从头到尾我都深深沉浸在片子中无法自拔。然而结局是令我最失望的，太突兀也太仓促。导演这样拍或许是为了迎合中国人看电影喜欢皆大欢喜的结局的心理，宋其和刘东终于见面，终于能再续情缘，满足了所有人的心理期待。

然而说它好也是有原因的。其实故事的设计很精妙也很有逻辑性，虽然说宋其、周小西、刘东在2011年的故事可以是在之前的故事已经写好之后再照葫芦画瓢编造出来的。整体来说，这部片子只是讲了一个出轨的爱情故事，没有太多的深意，也没有太多值得思考和回味的地方。片子介绍时，说花费了多少钱，去了多少地方，其实根本没有必要。花了大价钱不一定能做出好片子，小制作也同样能做出感人的电影。像当初张艺谋斥巨资拍摄《满城尽带黄金甲》，我一直很诧异为什么将士们出兵厮杀时佩戴的菊花一定要花巨资买真花，真是糟蹋东西。钱没花在刀刃上。

但是《二次曝光》本身在看的时候就是对人思维一次又一次的突破和冲击。影片总共转了好几次弯，每一次都让人出乎意料。从一开始的小西与刘东的偷情，到警察刘健、男朋友刘东的不存在，到小西根本没有死，再到刘健、刘东与主人公宋其的关系，以及影片开始出现的宋其父亲与整个凶杀幻觉的联系。整个故事就是宋其的一场幻觉，然而这场2011年的幻觉来自1994年的一场风暴，一场爱情席卷着另一场爱情，又彻底摧毁了宋其的爱情。时间来回轮转，不变的是爱情，变化的也是爱情。然而在影片的最后，当刘东拥抱着宋其说"我一直在找你，我真的很爱你"的时候，导演还是让我们相信了爱情。

整个影片像一个文艺的悬疑剧，后文一点点拨开了前文的谜团，小西是谁，小西在哪，刘东是谁，刘健是谁，宋其是谁，宋父是谁，这场幻觉是怎么来的，宋其为何要离开，甚至整容患者枚枚在超市里一个惊诧的眼神都是后文的伏笔。虽然情节不算新颖，故事内涵不够深刻，但是整个电影的流动带领着观众一动不动跟着情节走。内涵不够，但是技术很足。

影片的结尾，刘东拥着宋其一起看海市蜃楼，旁边出现一个宛如当年天真可爱的小宋其的小女孩，宋其微微一笑。这所有痛苦的记忆和无法跨越的折磨终于完全释怀了吧。

《半生缘》：
天涯那么长，别来可无恙

　　《半生缘》原名《十八春》，十八载匆匆错过，十八章潦草结局，张爱玲在成书多年之后，重新提笔，将《十八春》删改成《半生缘》。1997 年许鞍华执导电影《半生缘》，2003 年上映林心如主演的电视剧版《半生缘》。

　　电影版的《半生缘》成就了一众男女神的青春，黎明、吴倩莲、梅艳芳、黄磊、吴辰君、葛优、王志文。剧版中，林心如摆脱了紫薇格格的定位，蒋勤勤也突破琼瑶御赐的"水灵"的限制。

　　《半生缘》没有矫情，不是为赋新词强说愁，没有玛丽苏杰克苏，是对渺小的人在巨大的时代下无法动弹难以反抗的悲哀命运的再现与哀歌。

　　顾曼桢说：每个人都应该有一两个可以说的故事，如果我跟世钧结了婚，生了几个孩子，也就不成故事了。顾曼桢是乐观的，或者说是有一定自虐倾向的，对于苦难，她愿意把它当作人生中珍贵的一部分，而且觉得如若圆满反而失了这可以讲述和回味的价值。

木心说从前慢，一生只够爱一个人。不管曼桢、世钧、淑惠还是翠芝，他们至少都是幸运的，因为他们都遇见过能让自己一直牵挂的人。或许真是从前慢，通信慢，行车慢，连感情也慢，细细地一流，便是一生。

时代在发展，思想在进步，但顾家姐妹的悲剧在某种程度上却并不是完全的过去式。顾家先生早逝，长女曼璐十七岁担起家庭的胆子，靠当舞女养起全家七口人。她因此与初恋张豫谨分手，沦落风尘，青春不再的时候嫁给风流成性的祝鸿才。顾家七口人生活的脚都踩在她用尊严和青春筑成的路上。

顾家母亲和外婆催促着曼璐结婚，婚后不幸时劝说着不能离婚，撮合着希望曼璐的初恋能与曼桢结为连理，曼璐不能生育母亲也默许把曼桢送给姐夫借腹生子。她们用愚昧和无知葬送了女儿们的幸福，却得意地谈笑着，满足地以为给了孩子最好的归宿，又在女儿们遭遇不幸时叹息着转身把责任栽赃给宿命。

每个人都是一个独立的人，都有自己的思想和情感，不该受缚于任何一个其他人的禁锢。人生重要的路口怎么走，他人对自己的爱和他的经验不一定是最好的参考准则。爱会盲目，经验会过时，过去的和别人的一切都有自身的适用性和局限性，能决定自己人生的只有自己。

假如没有这样一个大时代背景，沈世钧会不会和顾曼桢走到一起？答案是不会。沈世钧的性格就像是一块软泥，经不起现实任何的阻碍。为了家产回到家乡；羞于曼璐的职业跟家人否认曼桢有姐姐；该到结婚生子的年龄就娶了别人深爱的石翠芝，也生了两个孩子，过着安稳的日子。不禁让人联想起贾宝玉结婚时心心念念以为娶的是林妹妹，掀起盖头时发现是宝姐姐，却也觉得宝姐姐温婉可人，不得拒绝。即使没有这一次次的错过，沈世钧和顾曼桢也会像许淑惠和石翠芝那样，迫于家庭的压力和门第的差距，转身陌路。沈世钧是不会反抗的。

　　黄磊版的许淑惠真是惊鸿一面，年轻时的"黄胖子"还不是胖子，举手投足尽优雅，秀目清眉都含情。与石翠芝相见的每一次他的眼睛都闪着光，他挡完新郎的酒看着她成为别人的新娘。十年之后，他从美国回来，她问，你在美国的那个女人到底是怎么样的？他说，跟你有点像。求而不得的爱情总是这样，离开你之后，我爱上的每一个人都像你。

　　回首半生匆匆，恍然如梦。有时候爱情像一个圈，我爱你，你爱她，她爱他，他爱我。有时候婚姻像个岔路口，彼此相爱，你却娶了她，我也嫁了他。现在的影视剧总是容易招致演员演技太差的评价，其实从来不缺好演员，只不过是认真写故事的人少了。

《客途秋恨》：凉风有信，秋月无边

> 我将来比较现实的理想，就是等到拍不动戏了，就找一份兼职的教书工作。如果后来连书都教不动了，就去老人院好了，在那里我会有时间看一些有关佛学的书。
>
> ——许鞍华

《客途秋恨》早是清朝嘉庆年间一首词曲，最初内容是描写当时妓女们的生活和心境，后来形式和内容都几经改编，这个名字倒是一直保留了下来。

20世纪20年代，粤剧白派的代表人白驹荣的一首《客途秋恨》在广东地区家喻户晓，1990年上映许鞍华导演的电影《客途秋恨》，主人公晓恩（张曼玉饰）的爷爷便是来自广东，时常哼着这首粤剧，开篇起兴：凉风有信，秋月无边。

1990年这部电影被宣传时最大的噱头就是：这是导演许鞍华的半自传电影，讲的是她和她母亲的故事。娱乐版面更是大张旗鼓写着：《客途秋恨》让许鞍华母亲大发雷霆。许鞍华表示本不打算把母亲的经历公布出来，但是媒体还是写了"陆小芬饰许鞍华的母亲"。

　　许鞍华应该算是禁欲系的导演，作品处理得干净内敛，又很深刻。《半生缘》《倾城之恋》《客途秋恨》等作品情绪都很饱满，但又很平静，从来没有激荡的音乐或者激情的镜头。《倾城之恋》对比她的学生关锦鹏的作品《红玫瑰与白玫瑰》，虽同为张爱玲的作品，并且《倾城之恋》中可以大肆渲染和铺排的情色镜头不比《红玫瑰与白玫瑰》少，但是《倾城之恋》像窗前清冷白月光，而《红玫瑰与白玫瑰》热烈性感得像胸前朱砂痣。

　　文学评论有两种流派，一种只研究作品本身而淡化作者，另一种则主张一定要先把作者的生平经历和所有作品吃得透透的才能来研究作者的单篇作品。许鞍华的作品和人很像，不张扬不喧哗，看似很淡但是情感却很浓烈，像紧绷的琴弦，声声搅心肺。许鞍华生于1947年，一直未婚，据说30多岁时想过结婚，觉得婚姻很幸福，后来又觉得自己既不合适照顾人也不合适被照顾，不结婚也很合适。

　　据传当初许鞍华和王晶不和，王晶曾出言："谁会爱看胖胖的老女人的故事呢。"但后来王晶接受采访时说最佩服的香港导演是吴宇森和许鞍华，又在许鞍华找投资困难的时候出手相助，两人不再交恶。再或者说，娱乐圈的恩怨不少归功于唯恐天下不乱的娱乐媒体煽风点火编排杜撰，后台拿笔的人随时想着搞个大新闻，台前示众的人往往就成了炮灰。

　　《客途秋恨》里的张曼玉美得惊人，尤其是影片最开始在英国留学阶段的造型，黑长直的头发满带着东方女性的温柔和灵动。回国之后被母亲强制安排剪了短发，烫了那个时代最流行的样式，跟母亲站在一起参加妹妹的婚礼。用母亲的话说，剪了一样的头发别人一看就知道是一家人了。

晓恩与母亲多年以来一直有隔阂。童年与母亲一起同爷爷奶奶住在澳门，母亲安静寡言却又固执专制。父亲从香港来把母亲接走时她执意留在了爷爷奶奶家，但后来爷爷回大陆去建设自己的国家时，晓恩又被送回了香港。女儿对母亲一直有怨念，恨她的冷漠和专制，恨她的懒惰和疏远。从十五岁负气出走住校，到国外留学，直到硕士毕业妹妹结婚执意要她回来，她才终于不得不面对自己和母亲的关系。

人生在世有很多选择，厌恶的可以躲避，愤恨的可以拒绝，但是由什么样的人生出、流着什么样的血脉是怎样也拒绝不了的，无论怎样厌恶和失望，都不能割裂这样的联系。

丈夫早逝，二女儿远嫁加拿大，大女儿晓恩也计划回英国，孤单留港的母亲开始哭闹着要回故乡日本，晓恩陪她踏上异国的列车。到日本第二天，晓恩对母亲说，明天我不再陪你出去了，你们说什么我一句也听不懂。母亲略带得意地一笑，你现在该知道我在澳门那些年是怎么过的了吧。一个日本女人在中日关系最恶劣的时候在澳门独居，听不懂中文也不得公婆喜爱，她唯一的情感寄托是年幼的女儿。但当她哭着抱住女儿说带她去香港找爸爸，逼着女儿剪日式的短发穿日式的校服去上学时，女儿却残酷又坚决地推开这个冷漠又固执的女人。连爸爸终于从香港来要把她们母女接走的时候，女儿都固执地撇开妈妈，留在了有爷爷奶奶的澳门。二十几年后，长大的女儿跟随母亲来到日本，终于开始学着理解与释怀,也开始与母亲拥抱并且互相依靠。

在日本的母亲与晓恩印象里的那个女人并不相同,在日本的她有当地望族的身世,有谈笑的老友,有兄弟姐妹,有多年不见的恩师,有曾经爱慕的男子,还有一段与父亲在战火年间的患难与共的爱情。孩子总是以为上一代人迟钝愚笨,在生活的洪流里简易又单薄,但其实母亲的生命和情感也同样巨大丰富,与每一个年轻的人一模一样。

  闻击柝,鼓三更,
  枫林见得月色昏。
  远望楼台人影近,
  梅花为骨血为心。

——摘自《客途秋恨》

与书同行

书，带给我快乐；书，教我做人；书，唤醒我内心的热忱；书，给我最深的感动。一路走来，与书同行，心里满是充实与愉悦。

对书的喜爱大约是与生俱来，因为父母便是爱书之人。而我记忆最深的幼时的同伴，便是一本本《启蒙》。那一个个故事，一幅幅图画，一个个人物，给我的童年带来无尽的欢笑和乐趣。它给我我关于这个鲜艳的世界最初的启蒙，带我慢慢了解我所看不到想不到的窗外世界；它满足了我无穷的好奇心和想象力，也给了我对文学最初的热爱；从《启蒙》的小故事里，我学会人生最初的也是最重要的课程：诚实，善良，谦虚，坚强……它也带给我对这个世界敏锐的感知力，让我发现生活中的点滴美好；它带给了我优秀的语文成绩，还带领我走上了写作的道路，小学时代能发表儿童诗功劳大部分要归给这份可爱的杂志。我当年看过的那些《启蒙》现在被装订成册摆在我家的书橱里，那是我人生宝贵的财富。

长大一些之后，对我影响深刻的就是《红楼梦》了。小学毕业的那个暑假，妈妈从图书馆给我借来一大摞的书，这一摞书都是《红楼梦》有关图书，从《红楼梦》的精装读本，到各种各样的解注书籍。拿着这些书，我如获至宝，它们便成了我那个没有作业的暑假里最好的伙伴。我的心被书里的故事牵动，我对那个孤傲却可爱的林黛玉充满了崇拜和怜惜，对那个泼辣弄权的凤姐充满了摒弃和厌恶，同时还对那个"三删其稿""字字是血"潦倒而终的曹雪芹充满了敬意和同情。而这一本《红楼梦》也给了我初中三年的谈资和骄傲，当时班里我们几个"红楼迷"还差点组成个"红楼帮"小团伙。至今看到任何版本的《红楼梦》，我都会觉得像是见到了一个年少时的好朋友好伙伴，心里总有些莫名的感动。

《儿童文学》上的美妙奇异的童话故事曾一度让我沉迷无法自拔，那些神奇的宫殿城堡、令人钦羡的超能力、令人热泪盈眶的情节，让我除了沉迷于童话故事的阅读，还开始了童话故事的疯狂写作，甚至还写出了几篇还算不错的童话故事。只是后来慢慢长大了，渐渐不看童话了，更写不出童话了。虽然离开了《儿童文学》，离开了童话，但我希望我的童心还在。

当我长到高中时，"80后"作家异军突起，我爱上了"新概念"，爱上了《萌芽》《最小说》。我为那一个个华美的故事神魂颠倒，或痛哭失声，或欣喜若狂；也曾照猫画虎地在笔记本里堆砌一行行颓废做作的句子；也曾希望像故事里写的一样，到楼顶上吹一夜的风，在大街上奔跑着唱一路的歌，背上行囊独自远行，或者携个挚友逃离尘世。虽然，我什么都没做，我依旧老老实实地坐在教室里，但是，在我最张狂的年纪里，我曾有过最真实的梦想和冲动。我想过，我写过，甚至为此哭过，甚至奋不顾身地反抗过。虽然我并没有背起行囊做一个流浪者，并没有唱着歌去寻找我的天堂，但我拥有过最美丽的想象和愿望，有过最真实的想法和激情。那些书，那些故事，那些真实的作者和虚构的人物，给了我一个至少我认为轰轰烈烈的青春，给了我一段幻想并且挣扎着的经历，不论结果，这都是一种收获，一种财富。

我最近看完的一本书叫《从容一生》，作者是新东方的创始人俞敏洪。这本书看过之后，受益匪浅。他把新东方的那股精气神写进了这本书里，用质朴却深刻的话语教我热爱生活，热爱生命，学会追求，学会包容。他用自己的真实经历和个人经验教我坚持理想，热爱学习，敢于面对挫折和挑战，教我前进并且充满激情。俞敏洪也是个爱书之人，并且把书看得很重。他说他上大学期间读了800多本书，他说如果他面试员工，大学期间没有读过200本书的人他是不会考虑的。所以，我也更加爱书，爱读书。

"读万卷书，行万里路。"从书中寻找更广阔的视野，从书里学到更丰富的知识，从书中品味更精彩的生活，从书中学得更多的智慧。与书同行，造就更美妙的人生。

从容一生

《从容一生》是新东方创始人俞敏洪的第四本个人自选集,这本书里都是俞敏洪的个人经历和感悟,却并不是本俞敏洪的自传或者奋斗史。它前半部分是温暖励志的心灵鸡汤,后半部分用第一人称"我"进行叙述,慢慢地鼓动起年轻人心里潜藏的激情。这本书讲述了俞敏洪认为人生应该明白的一些道理,记录了他和新东方近两年来的难忘时刻,让人体会到一种做人的从容和做事的激情。

古人云:修身齐家治国平天下。"修身"排在首位,做好一个人是做成一件事的基础。俞敏洪用他的亲身经历教会我们很多的人生道理。他教我们做人不要太精明,做人要傻一些。记得曾经看过一位智慧之人写的文章是要我们做人不要傻实诚,举了个例子是这样的:不要每天主动为办公室里的水箱灌满水,虽然刚开始大家会对你十分感激,但逐渐地人们就会认为这是你应该做的,你一天忘记给水箱里添水大家就会认为是你的失职;要学会让大家感激你的付出而不是心安理得地享受你的付出。这是精明人的处事之道，但俞敏洪却是个实实在在的"傻小子"。大学的时候，他天天帮全宿舍的人打热水，到后来也逐渐发展成了他不打水就会遭到大家的批评。按照精明人的理论，这个小子实在是太傻了。然而这个傻瓜却用这一份傻劲换回了新东方最初的创立团队，那些放弃外国优越生活回国跟他一起白手起家的同学们说，他们是为当年那每天的四瓶热水回来的。他用亲身经历教会我们不是所有的回报都在当时，不是所有的付出别人都看不到，你是个什么样的人大家心里都有底。精明地斤斤计较的人才是真正的傻小子。

然而做一个成功的人也并不是为人实在就够了的。傻实在的话就成缺心眼了，俞敏洪也会小小地狡诈，在适当的时候悄悄离席让别人知道他不是可有可无的角色；他有深厚的积淀，在大学时候他读过 800 多本书籍；他有坚忍不拔的精神，他用不跟别人比速度而跟别人比坚持的信念走得很远；他有思想，他不信奉抓紧每分每秒忙碌的"真理"，不认为大学能够决定人的命运，不觉得大学不恋爱就是不正常，不反对热热闹闹地过洋人的节日……俞敏洪的很多经历很多思想都打破了我们很多人相信着的真理，而事实证明他是对的。其实，我们很多太过计较、太过功利、太过狭隘的思想禁锢了我们的发展。而看看俞敏洪的成长之路就会释然许多。每个人都是一个微观世界，俞敏洪这个微观世界里彰显了很多我们不曾注意不曾相信的东西，可以给正在构造自己的世界观的我们一些新的启示和鼓励。

全书里最振奋人心的一面旗帜就是梦想。梦想，这是多么诱人的两个字啊！我们每个人都有梦想，或者都曾有过梦想。然而在被现实风吹雨打之后，很多人都渐渐被磨平了棱角，忘记了曾经热血沸腾时的豪情壮志。新东方就是个梦想工厂，新东方人就是一群梦想家，新东方的"梦想之旅"带无数大学生找回了曾经的激情。俞敏洪坦言，新东方是个必须要赚钱才能维持生计的培训机构，但新东方不同于其他培训机构的一点就是它有自己的精神和灵魂，它有激情，它有梦想。而我也执着地认为这是新东方成为全国首屈一指的培训机构的内因所在。因为有梦想，因为有激情，它才能鼓舞人感动人，它才能让成为大家所信赖所喜欢的培训学校。梦想是人类起飞的地方。俞敏洪谈到，当他遇见当年的同学时和他们谈起当年的梦想，只有几个人眼睛里依旧闪烁着光芒，也就只有那几个人实现了自己当年的梦想。或许不是现实太残酷，或许不是我们的梦想遥不可及，只是我们没有把梦想时时刻刻种在心中，我们没有一份持久的动力和激情去不停地追逐梦想。永远保持着一份最初的激情和动力，我们终将成为梦想的缔造者。不要急功近利，试图一步登天；执着向前，只要从未停止从未放弃，就算蜗牛也能爬上金字塔的顶端。

在大家都学着做"聪明人"的时候，有这么一个人憨憨傻傻地做成了很多聪明人做不成的事业，他教会我们脚踏实地，宽厚坚实；在大家都在现实的打压里沉沉浮浮逐渐平庸，有这么一个人年近半百却依然大叫着"梦想"，他带给我们激情、坚持和力量。读《从容一生》，可以变得心如止水，然后逐渐心灵澄澈，最终心生火焰。它让我们热爱学习，热爱生活，找寻到生命最本质的快乐和意义；让我们把学习当成生命中一道亮丽的风景；让我们学会享受生活中的每一种味道；让我们解开了很多抑郁已久的心结。最后，我愿用"新东方精神"与大家共勉：追求卓越，挑战极限，从绝望中寻找希望，人生终将辉煌。

落叶归根

　　日子湮灭在岁月的橙黄橘绿中，阳光湮灭在突如其来的风雨里，一些昨天的故事渐渐模糊了，但却总有一些剪不断的情丝在心里纠缠，带着些许的甜蜜。

　　记得很小的时候，偷偷坐在妈妈所教班级的讲台底下等她来上课，没想到却进来一个陌生面孔的老师，然后跌跌撞撞冲出去大喊妈妈。

　　记得很小很小的时候和妈妈走失了，害怕地蜷缩在哪个角落里失落地等待，想到我还没有吃完的水果糖，还没有垒完的积木……漂亮的妈妈和可爱的爸爸。

　　记得在外面打拼了好久好久终于获得了一些回报的时候，我打了个电话说："妈妈，我想回家。"

　　记得很多很多次，开心失败、得意落寞，抱着妈妈说："我想你！"就像一片树叶想紧紧地拥住树干，像飞得很高的风筝离不开那根引线，怀着细细的情感、小小的心愿守候着自己的幸福。

那长长的牵着我的线，那慢慢地流却流不断的情，那温暖的、温馨的、甜蜜的感觉，一路走来，收藏了满满的。

直到很久很久之后，听闻一多先生谈故土，余光中先生说乡愁，我也竟听见我的心在清晰地诉说那一次次父母给我的温暖、家给我的温馨，然后会有一种潮湿的感情呼啸着涌来。在孙楠深情的"你快回来"的歌声中，我情不自禁地跑去依偎在妈妈的怀里说："妈妈，我爱你！"

发现自己是那么脆弱。每次回家总会想到一个词叫"落叶归根"。离家远行时，有时猛然想到古人"风萧萧兮易水寒"的诗句，竟觉得有些悲壮。其实只是一直不愿承认又不得不承认，那个家、那些人承载着我们所有的思念和寄托，或许那就叫"归宿"。

长长幸福桥，我在这头，家在那头。

漫漫人生路，我在前头，家在后头。

风筝断了线，最终也要回到地面；树叶离开树干，也只是带着美好的梦想化作春泥，在来年春天里展露新颜。

落叶归根。

闻到了家里妈妈亲手做的可口饭菜的香甜，看见了天真童年留在故乡路上的脚印。

家是游子心灵的港湾，家是赤子最终的归宿。中国是每一个炎黄子孙温暖的家。

追着阳光前行

把自己关在一间黑屋子里,你很可能因为看不到光明而郁郁而终。何不打开窗子,让阳光照射进来,引领你走出禁锢,寻求阳光明媚的天地。

每个人都曾经住过这样一所房子,一所黑暗凄冷的小屋,它可能是考试的失意、工作的不顺利、生活的挫折受阻等不尽如人意之事,它会让人感到不安,让人紧张恐惧,甚至让人的生命之花窒息枯萎。此时,请你把眼睛移向黑屋上那扇上锁关闭的窗子,那就是希望。打开窗子的金钥匙就是追寻。勇敢地相信未来,勇敢地相信希望,勇敢地追寻光明,不管什么样的艰难困苦你都将战胜!

打开那扇连接黑暗与光明的窗子,让希望的阳光给予你向前奔跑的力量;打开那扇窗子,让心向着光明驰骋;打开那扇窗子,以饱满的精神拥抱窗外花红柳绿生机盎然的春天。

走出小屋,你会豁然开朗,你发现天地是那样开阔,阳光是那样灿烂,窗外的风景是那样美丽。

出生在一个偏僻小山村里的童第周，由于家境贫困，直到17岁才迈入学校的大门。读中学时，由于他基础差，学习十分吃力，第一学期末平均成绩才45分，学校令其退学或留级。在他的再三恳求下，校方同意他跟班试读一学期。

此后，他就与路灯常相伴：天蒙蒙亮，他在路灯下读外语；夜熄灯后，他在路灯下自修复习。功夫不负有心人，期末，他的平均成绩达到70多分，几何还得了100分。这件事让他悟出了一个道理：别人能办到的事，我经过努力也能办到；世上没有天才，天才是用劳动换来的。

获博士学位后，他回到了灾难深重的祖国，在极为困难的条件下进行科学研究工作。

没有电灯，他们就在阴暗的院子里利用天然光在显微镜下工作；没有培养的玻璃器皿，就用粗陶瓷酒杯代替；所用的显微解剖器只是一根自己拉得极细的玻璃丝。就在这简陋的"实验室"里，童第周潜心研究，成为中国当之无愧的"克隆之父"。

只要心里装着希望，热爱生活，以饱满的精神去追逐美丽，永不言弃，人生处处都会有光明。

向着光明前行，冲破懦弱的束缚，抛弃灰暗的想法，整理乱糟糟的心情，敞开人生的窗子，用一双发现美的眼睛和一颗充满阳光的心灵去发现屋外的绚丽多姿，感受蝴蝶翩跹，莺歌燕舞，鲜花竞放。如果你毫不犹豫地把那些失望、失落、失意、灰心、痛苦统统抛给黑暗，你会欣喜地发现你已经收获了满满一身灿烂的阳光！

向着光明进发，沐着希望的春风，怀着美丽的憧憬，去努力认真地生活，执着勤奋地创造人生，带着无限的动力奋发前行。

　　如果你不幸陷入那间恐怖的黑房子，那就勇敢地打开那扇希望的窗子，相信窗外是一片神奇美丽的风景！

最绚丽的鸢尾花

每个人的生命都似一株绚丽的鲜花,它美丽、芬芳、充满活力。但有时它会受到狂风暴雨的洗礼,在这个时候,一定会有那么一缕阳光照耀在它的花瓣上,蒸干它的泪水,映出缕缕霞光。

"不管发生了什么,你要记得爸爸永远和你在一起。"地震中的父与子紧紧地拥抱在了一起。在生活中,我们不是也常常听到这样的承诺吗?在我们身处逆境时,在我们感到山穷水尽时,在我们觉得一切都已无可弥补时,父母就会坚定地告诉我们,不管发生了什么事情,爸爸妈妈永远不会抛弃我们,永远会无条件地竭尽全力支持我们。那无私无畏、无怨无悔的亲情是我们人生地震中那丝光亮,驱散了恐惧,带来了希望。

"人生路上甜苦和喜忧,愿与你分担所有。"总有那么几个人,在你失意的时候给你依靠的肩膀;在你退缩的时候鼓励你"加油";在全世界的指责全部指向你的时候,依然站在你身后,同你一起抵挡雷电风雨。他们的名字叫"朋友"。当你在生活中遇到棘手的事情时,他们会出谋划策;当你因为压力而失声痛哭时,他们会竖起大拇指说:"你已经很棒了!"温暖真挚的友情驱走我们生活中的乌云,给天空披上一道美丽的彩虹。

　　人生必然会有数不清的沟沟坎坎,我们也必然会因此而陷入忧伤、失望。但亲人、朋友,他们就像明亮的温暖的阳光照亮了我们人生的路途。他们永不改变的爱和支持、朴实却坚定的话语、真诚的笑脸成了我们前进路上最美丽的风景。有了他们,我们的忧伤、我们的失望全部都会化为乌有。他们带给我们前进的动力和勇气。

　　因为有爱,我们不再忧伤;因为有爱,我们不会惧怕前方的艰险。父母和朋友那温暖的话语和热情的笑脸,便足以抵挡所有苦难带来的寒冷。不但如此,我们更从苦难中学会成长,从爱中懂得感恩。

　　"我的忧伤因为你的照耀,升起一圈淡淡的光轮。"舒婷在《会唱歌的鸢尾花》中这样写道。我们生命的这株鸢尾花,因父母和朋友的真情呵护,开得绚烂多姿。让我们珍惜这些爱,让我们的生活绽放出最绚丽的鸢尾花。

激情奥运

北京时间2012年8月13日凌晨4点，举世瞩目的第三十届奥林匹克运动会在伦敦落下帷幕。中国代表团在本届伦敦奥运会上打破5项世界纪录，创下在境外参加奥运会的最好成绩，最终以金牌总数38块、奖牌总数88块的优异成绩结束了英国奥运之旅。历时17天的奥运会给世人带来了一场精彩的体育盛宴，也带给了世人许多的热情和感动。

热爱体育运动的人，一定没有热爱奥运会的人这样多。奥运会期间，许许多多的非体育迷，也成了在电视机前跟着运动员的比赛一起激动一起振奋的奥运迷。奥运会之所以能有如此大的魅力，原因不在于体育比赛本身，而在于它的公平、公正，在于一种精神的召唤。锱铢必较的比赛场上，辉煌灿烂的奖牌闪闪发光，荣誉背后的拼搏、汗水、眼泪、欢笑给人启迪，催人奋发。

看奥运会对于国人来讲，是一次爱国情感的爆发。2008年北京奥运会，使每个中国人的心里增加了一分作为华夏儿女的自豪感，让炎黄子孙爱国情感空前高涨。奥运会上运动员的表现，一定程度上代表了整个国家的形象。场上的竞争与交流深深牵动着无数人的心，他们与场上的运动健儿一起激动，一起欢呼……当雄壮的国歌一次次奏响，当鲜艳的五星红旗一次次冉冉升起的时候，有哪个中华儿女不感到由衷的骄傲自豪呢？

正如我国的"乒乓外交"一样，体育在国际政治舞台上发挥着越来越大的作用。在国际环境纷繁复杂、争端此起彼伏的今天，一个以友谊、团结和公平竞赛为宗旨的体育盛会，在某种意义上可以成为政治争端缓和的一个契机。奥林匹克运动会现在已经成为和平与友谊的象征。奥运会是一种融体育、教育、文化为一体的综合性、持续性、世界性的活动，各个国家体育健儿在奥运会上的精彩表现，也是一种文化的传播交流。

体育比赛是竞技运动，是竞争激烈令人热血沸腾的比赛，体现出来的奋发拼搏勇往直前的精神，曾给了多少人向上的召唤和激励。酣畅淋漓的比赛、激烈紧张的角逐让每一个观众都随着体育赛事燃起了一股热情，那是与体育运动无关的激情，是一种对工作对生活的热情。体育的真谛不在于竞争，不在于追逐奖牌，而在于对人精神的一种激励和鼓舞，让人从体育竞赛中得到对自己生活和工作的动力。很多人并不一定对某项赛事的规则懂得多少，但是运动员比赛时的全力以赴、准备比赛时的一丝不苟、平时训练的辛勤刻苦、展现出来的活力和爆发力却能激起人们强烈的共鸣。

当运动员站上领奖台流下激动的热泪，当运动员与奖牌擦肩而过流下苦涩的泪水，台下千千万万的人的心与他们的心一同跳动，为他们的成功和失利而流洒热泪。每个人都有过拼尽全力取得成功的时候，也都有过全力以赴却惨遭失败的经历，运动场上一个个运动员就像另一个自己上演着自己的故事，让人看得心潮澎湃。这不单单是一场体育盛事，更是一场精神的洗涤，每个置身其中的人都在成功或失败中迈出人生的新一步，每一个身在事外的人也都从中得到人生的启迪。它让我们激情昂扬地去相信成功需要努力，奋斗创造辉煌。

　　激情奥运，灿烂奥运！奥林匹克的意义远远超越了体育比赛本身，奥林匹克相互了解、友谊、团结和公平竞争的精神是全世界的珍贵财富。

渴望年轻

每年九月初开学的时候，大学校园里就会凭空多出大批"伪学妹"。这是一个伟大而茁壮的群体，她们是高年级的学姐们，她们脱去高跟鞋，染回黑头发，换掉黑丝袜，努力变成一滴刚刚入学的新鲜血液。你永远不会知道她们有多么希望自己穿上牛仔裤就变成一个真正的学妹。

你一定不知道，如果你在校园里找一个女生问路，你张口就叫人家"学姐"，那么这个学姐要花多长的时间，才能走出被人一眼就认出是学姐的阴影；而如果你问完路，问一句"你是大几的"然后加上一句"看起来不像啊"又将带给这个学姐在众人面前炫耀多久的谈资。如果商场的导购对一个女大学生说出"我觉得你已经工作了"，那么这个导购一定是在自断财路。

当女生长到一定阶段之后就会十分在意自己的年龄问题，甚至"我看起来是不是年轻"比"我看起来是不是好看"更加让女生重视。所以当一个女人问你你觉得她的年龄有多大时，请一定在你的第一感觉上至少减去五岁，这样是永远不会错的。而女人为什么总是害怕青春已逝,韶华不再?除了女人敏感的天性,更重要的原因是她的确不再年轻了。

年轻,在我们真正年轻的时候谁也不会去想这个问题。在我单纯美好的幼年时代,我觉得女人在乎年龄是一个被电视剧和杂志极度夸张了的事情。而事实也的确,在满校园充满新生入学的喜庆味道时,那些朝气蓬勃的小学妹不会在乎自己看起来是不是年轻。但一旦韶华渐逝,女生就开始意识到年轻的弥足珍贵。

因为知道自己不再年轻,所以才会照着镜子一件一件地换衣服,才会冲到理发店请理发师把头发剪成青春的样子,才会斤斤计较着别人是叫我"学妹"还是"学姐",才会和卖衣服的导购甩下一句"我是学生"然后怒气冲冲地走出店门。人家说大三结束大四未开始的时候是最煎熬的时刻,你会在自己是否还年轻的问题上感到迷茫。我就曾经陪着一个学姐在她即将结束大三生涯的时候,坐在马路边喝雪花啤酒,她说:"我觉得人生过了很多,可是又觉得人生还没开始。"

年轻是个什么东西?我们都背过那篇著名的《年轻》:年轻不是人生的一个阶段,而是精神的一种状态。很多人都认为自己错过了年轻的地铁,但其实这是一趟一直经过你身边的地铁,你可以随时上车也可以随时下来,你可以一生一世搭乘它去任何你想去的地方,你也可以在某个站台下车,然后坐在地上喝着小酒就着花生看车上一群疯子不知疲倦地颠簸劳累。

有人教过我一个冒充学妹的方法:梳马尾辫,穿白T恤,牛仔裤,白板鞋。这的确是个不错的计划,然而我却能在所有这种搭配的"学妹们"中,轻松辨出学姐。秘密在于精神气质。真学妹浑身散发着一种积极而勇猛的精神，而伪学妹身上更多是被磨平的淡然和沉稳。年轻不只是娇嫩的肌肤、华丽的衣着、天真的无忧潇洒，年轻是对万事万物依然保持信念和追求，年轻是被挫折和困难摔得鼻青脸肿依然敢站起来接着往前跑，年轻是就算曾经跌疼了在下次面临选择时依然敢按照自己的想法前进。年轻是不怕伤害，年轻是不怕选择，年轻是愿意以生命的热情去迎接生命的美好和残酷。年轻是不愿意在庸庸碌碌的社会中抛弃自己的梦想，年轻是不会在经验和伤疤面前选择退缩而只求安稳。年轻是一种向上的冲力和张扬的生命力，它坚韧顽强永不折断。

　　有人跟我说我们都应该慢慢学着成熟。我一直在想关于成熟。所谓的处事不惊，所谓的淡然沉稳，所谓的自由简单，那都不是成熟，那只不过是给自己勇敢和坚持的精神渐渐消退的一个冠冕堂皇的借口。这世界有很多人活着但他已经死了，以"成熟"为名。

　　年轻不是遮掩起皱纹，因为你向下的嘴角出卖了你的压抑；年轻不是擦上粉底，因为你木讷的表情揭露了你的苍老。年轻是一颗因激情而扑扑跳动的心和一张因希望而扬起活力的脸庞，那才是青春最真实的样子。

处处风景处处花

一年有四季。有人说春天没有夏的热烈,夏天没有秋的深沉,秋天没有冬的高洁,冬天没有春的生机。这样一来,一年四季都充满了悲哀。也有人说春天生机盎然,夏天热情澎湃,秋天沉稳成熟,冬天高洁纯净。这样一来,一年四季都是美好的。在哪个季节,就努力去发现这个季节的美好;在哪个位置,便努力去享受这个位置可以带来的美感!

范仲淹著名的《岳阳楼记》名句"居庙堂之高则忧其民,处江湖之远则忧其君"流传千古。在朝为官时便担心天下黎民,在野为民时便担心君王之侧有小人奸佞蛊惑君心。于是,为官时便想与民为伍体恤民情,为民时又想入朝为官劝勉君主。是"进亦忧,退亦忧""先天下之忧而忧,后天下之乐而乐"的范仲淹忧国忧民的高尚情操为人赞颂。但如果能换一种方式,在朝为官时便想到天下苍生的运道可以由我来劝谏扶持,于是兢兢业业力除奸邪;在野为民时就倾心投入与民同乐享受位居官职之人难得的快乐,并积极投身社会,是不是更有积极的意义呢?人往往总是在山下崇拜着山的峻拔耸立，在山顶上倾慕大地的旷远辽阔，却不试着在山上领略高山壮阔的景色，在山下享受宁静清新的自然美景。

不是没有美，而是我们缺少发现；不是美的事物全在他处，而是自己身边的美好最容易被忽略；不是自己无法与他人相比，而是你常常是拿别人的光芒与自己最阴暗的一角对比。不管我们处在春天还是夏天，不管我们是站在山顶还是山下，我们都应该去感受现处境地所带给我们的美感和快乐，而不是作为一个中国人扔掉乒乓球拍硬跟巴西人比足球，输了之后沮丧至极地抱怨自己没有天赋、没有能力、没有运气。

处处风景处处花。想当年李白在朝堂上让高力士脱靴，在御花园打盹；遭贬之后骑着白鹿访名山持利剑浪迹天涯，潇洒豪迈，斗酒诗三百。那个当年朝中翻手为云覆手为雨的右丞相王维，老年隐居山林吟着"明月松间照，清泉石上流"的诗句悠闲自在，与自然和谐统一。不管身在高出低处都尽心竭力地去投入，怡然自得享受不同境遇的美好。

处处风景处处花。只要你用欣赏的眼光，用全身心投入地心境去投入现处的环境，无论春夏，无论高低，人生处处有风景，人间何处无芳华？

辗转流年,目光温暖

每个人在成长的路上都会遇见这样一个人,他给过你特别的目光和扶持。他不一定会影响你一生,但一定温暖过你一段青葱的岁月。

每个小孩子都是需要目光的。小小的心脏,希望每一丝颤动都被体贴,他们需要一种存在感。于是,在这个时候恰好出现的一个合适的人带来的温暖,将成为这个孩子那段时光最骄傲的宝贝。

每个已经长大成熟的孩子都曾经叛逆过,在最单纯的年代里曾经那么强烈地憧憬着自由和独立。在那一段短暂的叛逆时光里,我跟班里的坏孩子混成一团,逃课,不写作业,违反纪律。那时我反感学校所有的规章制度,成绩也一点一点下跌。我盲目崇拜着课程和校园之外的世界,厌倦了学校里中规中矩的日子。

当坏孩子的初始是充满好奇和新鲜感的。然而时间长了便渐渐感受到了心情的落差。最难过的不是受到批评和惩罚,而是不再有人理睬，偶尔收到的关注也只是厌恶和鄙夷的目光。人总是会在失落时变得很脆弱，如果爬了很久爬不起来便会自暴自弃。于是，我变得唯唯诺诺小心翼翼，期待着得到一点关注。只不过在成绩说明一切的年代，大约没有人在乎后进生的感受。然而，事情总不会永远是灰暗的。那时很多人放弃了我，班主任却并没有丢弃我。她给我鼓励的目光和微笑，在我每有一点进步或者退步的时候都会告诉我说要加油，不要放弃。她从没粗暴地批评过我的任性和堕落，只是在我的本子上写下四个字：人当有志。你一定不知道，一颗卑微的心灵，一丝丝的存在感对它来说都是天大的光明。在她的陪伴下，我度过了那段乱码的时光。而她也教我学会了爱和给予。我开始学着关注那些正处于低谷的朋友或者同学，哪怕只是给他们一个目光、一个微笑、一句话。在顶峰的时候你不需要这种赞扬和褒奖，但是当你在低谷的时候，你会知道不被忽略对你是一种多大的鼓励。

  每个人都需要关爱，需要一种存在感。卡耐基的成功之道便是让在他周围的人都能意识到"我很重要"。人需要一种"重要感"来稳定自己的安全感，来提升自信心和幸福感。我很尊敬每一个真正热爱学生、热爱教育事业的老师。他们愿意给每一个同学笑脸，他们会让每个学生知道自己很重要。体育课今年选了篮球，篮球老师是一个特别招人喜欢的老师。学生从第一节课开始就会喜欢上这个老师，原因很简单，他说：我争取在几节课之内记住你们所有人的名字。而在他教学过程中，也会清楚地叫着同学的名字然后进行指导。相比于指着学生称我们为"这个同学""那个同学",体育老师给了我们一份尊重和存在感。

很感激那些在人生路上给过学生温暖的老师,你们是太阳底下最光辉的人。也许你们永远不会知道,在我们成长的路上,你曾给的那一寸目光是我们那一段流年最美的记号。

匍匐与屹立

"我自横刀向天笑,去留肝胆两昆仑。"坚持变法图强的谭嗣同不畏惧不动摇,坚定不移令人敬佩。而当敌人的炮火呼啸而来的时候,我们往往会听到一声:"快卧倒!"坚持气节地屹立和保留实力地匍匐是我们都必须学会的课程。

在中华民族的历史长河中,无数仁人志士选择了以生命来实践自己的追求。文天祥、李大钊、刘胡兰……面对正义真理与个人生死的抉择,他们毅然选择了骄傲地死亡,绝不屈膝折节,绝不低下高昂的头颅。他们用不屈的气节践行自己对国家的忠诚对人生原则的恪守。他们的高风亮节可敬可佩,挺直脊梁,坚守信念,宁可失去宝贵的生命,也要让精神屹立。

在人生的旅程里总是有让人猝不及防的大风大浪不期而至,但不能遇见挑战就要奋不顾身鱼死网破。越国国君勾践兵败会稽山骑虎难下,他并没有上演"乌江自刎"的史剧,而是"卑事夫差"忍辱负重,终于上演"三千越甲可吞吴"的经典。勾践并不是心甘情愿地永远卑躬屈膝,而是保存自己的实力,卧薪尝胆,励精图治，积蓄力量，等待时机东山再起。

假若遇到生活上事业上咄咄逼人的险阻不能应付，暂且避开风口，学会迂回作战。匍匐着躲过狂风暴雨是一种睿智的人生态度。

"人生自古谁无死，留取丹心照汗青。"匍匐前进不是无原则地投降退缩，在气节、人格、利益、生命不可兼得的时候，要敢于维护自己的操守，敢于屹立决不动摇，"要留清白在人间。"正如为国捐躯的杨靖宇，为真理而战的张志新……

学会屹立，让凛然正气充满天地之间，让人生绚烂辉煌；学会匍匐，让人生不在挫折时一败涂地，而是拥有一个新的起点。学会屹立，让精神挺拔头颅高昂，让生命不朽流芳；学会匍匐，让人生在跌宕生姿中愈加精彩，愈加丰富艳丽。

人生需要屹立，有了它世界才充满光明；人生也需要匍匐，它是另一种方式的屹立。不论屹立还是匍匐，最重要的是心中始终点亮着那盏前进的明灯。

人为刀俎，我不甘为鱼肉

曾经在电视中看过这样一则新闻：一辆长途汽车行驶到一半的路途，突然停车向乘客加收 10 元钱的车票。大多数人都抱怨连连，但又都无奈地交了钱。而当售票员走到一位身着貂皮大衣的时髦女孩身边时，女孩并没有顺从地把钱给他，而是据理力争。几经争执，剽悍的售票员竟然一巴掌打在女孩的脸上，周围的乘客却没有一个人挺身而出，但女孩坚持没有交这无来由的 10 元钱。

我为这个女孩喝彩，也为满车的乘客感到深深的悲哀。从女孩的穿着中我们不难看出 10 元钱对于她并不是多大的负担，但她坚持不付不合理的费用。不是因为吝啬，上车前她刚刚向救灾捐款箱里投入 100 元。她是在坚持人们逐渐丢失的一种精神。10 元钱的确不是什么大数目，所以抱着忍一时风平浪静的态度你忍了，我忍了，全车的人都忍了；坚持真理的女孩是那么孤单，显得那么异类。可试想一下，如果全车几十个人联合起来的力量不比一个售票员要大吗？可是人们甘心沉默。

在现代社会，越来越多的不可思议的不合理现象明目张胆地存在着，明明很容易扳倒的恶势力凭借极小的"威力"震慑着人民大众。人们明明知道是不合理的，却依然本着委曲求全的态度任人宰割。可以不计较我们白花了多少冤枉钱、吃了多少亏，但我们这样做到底造成了什么后果？一味妥协忍让的结果会有两个，那就是：我们越来越麻木，正义越来越软弱；不公正不合理的现象越来越多以致猖獗。

我们不要嘲笑那些在公交车上为一块钱和售票员争论不休的人，也不要再向那些为两块五毛钱的电话费而对簿公堂的人投去鄙视的眼神。让我们勇敢地站出来，扶持公平公正，敢于坚持正确立场，维护自己的权利，不再做任人宰割的羔羊。

即使人为刀俎，我们也要不甘为砧上鱼肉。我们要敢于挑战不合理，敢于维护自己的正当权益，让正气真理充满人间，让社会变得更加和谐安定，让人们的精神变得更加理智贤明。

只需要小小的勇气，只需要小小的坚持。如果每一个人都敢于向不合理说不，那么世界将变成美好的人间。

平分不一定是最好的方案

解决一场纠纷最公平的方法是一碗水端平，一人一半。大多数情况下这是比较理想的容易被双方接受的方式。但允执厥中的平分有时还可以用一种更好的方案来替代：双赢，由每个人分得50%的利益变为每个人获得100%的利益！

两个小孩争一个橙子，按照常理最公平的方法便是切开来每人得一半橙子。但是当两个小孩分别要喝果肉榨成的果汁和吃加入橙皮做成的蛋糕时，这个平分的策略便显得不那么合适了，最好的方法应该是橙子的全部果肉都给要榨果汁的小朋友，而全部的橙皮都给做蛋糕的小朋友。这样每个人50%的利益便都转换成了100%的利益。

其实，我们在生活中会发现，不完美的所谓公平的处理方法随处可见。让问题解决变得圆满的关键就是不要盲目追求表面公平的平分，而是研究是否可以达到100%的双方共赢。媒体公司里有两名优秀的工作人员，一个擅长画漫画，一个擅长画写意山水，两人同时竞聘媒体的绘画工作。作为负责人，为了公平，难道要单数的期刊白甲插画,双数的期刊由乙画图?这样看似公平至极,但每期都会有适合卡通画或者写意画的位置不能被很好地处理。这件事最好的解决方案是每期都由两个人进行插画创作,这样两个人的特长都能很好发挥,每个人的积极性都能被调动起来;每期刊物两个人的作品相得益彰,刊物也变得更加丰富完美。

平分,象征着公平。因此似乎平分便是事物最好的存在方式。但实际上,平分并不是最圆满的结果,也不一定是处理问题解决问题最好的方案。我们在对问题做出决定或处理之前,一定要多多思考,来判断这个以"平分"处理的事务能否换一种方式处理,让双方从各得50%变成各得100%的双赢呢?在处理问题的时候,想想双方是不是像那两个小孩一样,一个要橙子肉,一个要橙子皮呢?如果是,那就不要把橙子切成两半,那样实际上等于浪费了半个橙子。试着在每一个"平分"的决断之前反思一下,每一方50%的获益是最好的结果吗?能不能是60%、70%……100%?

橙子分为橙肉和橙皮,绘画有漫画和写意山水,生意要考虑市场占有率和产品的盈利率……每件事物都不会只是一方面的。记住我们所做的应该是让问题得到最完美的解决,"平分"不一定是最棒的处理方式。

蘑菇不开花

气　质

我一直想我最喜欢什么样的女孩,或者说我想做什么样的女孩,到今天中午,我终于有了一个完整的答案。

我喜欢气质女孩。这世界漂亮女孩如同商场里的漂亮衣服一般种类繁多,色彩各异,尽管各不相同但都独具特色美丽动人。而我喜欢干净明丽的那一款。

所谓气质,对于我来说便是干净明朗。最好是干净的颜色,从头到脚,由内而外,干净得一尘不染。我相信总会有这种女孩,我相信总有人可以变成这样的女孩。她们自信而不骄傲,美丽而不张扬。她们像是天底下最美好的风景。美好,会给心灵带去愉悦,远远超出美丽带给人的视觉冲击。

每个女孩都能成为气质女孩,每个女孩都能美好得明净而温暖。但是在到达美好之前，女孩们要走一段辛苦而甜蜜的路。在通往美好的途中，得到的失去的、付出的收获的是女孩人生中一笔宝贵的财富。它提醒女孩她曾经的丑陋、失意、自卑和狼狈，它鼓励女孩永不懈气、永不言弃。

女孩是世界上最美好的一种生物，她可以娇媚可以温柔，可以爽朗可以妩媚，她可以风情万种也可以烟视媚行。她可以凭自己的爱好去做自己最想做的事，成为自己最想成为的人。没有人阻止一个女孩变得美丽，更没有一个人不支持一个女孩变得美好。

我喜欢阳光下干净而纯洁的气质女孩，她就如躲在众多的玫瑰花中的一朵绿菇，没有美丽的花瓣，没有沁人的芬芳，没有尖锐的花刺，没有摇曳的身姿，但她是太阳底下独一无二的绿色的蘑菇，干净而玥朗。

每个女孩都能成为自己想成为的样子，这个世界上，你相信的事就能发生。

旅行的意义

校园里开满了桂花,走在路上,满路的香气。

骑车去散心。沿着最熟悉的一条公交线路走。我是从来不记路的,与人在一起时便跟着别人走,自己乘车时便只注意着该下车的车站。我会一路看沿途的风景,但不会记得这是哪条路。

一个人骑车走便要逼迫自己记得线路了,因为还要骑回去。身上一分钱也没带,便连打车回去的后路都断了。

说是骑车闲逛,其实也是有目的的。每一件无目的的事情其实都是有一个秘密的目的的。我想去那个拥挤的小街道。乘那趟公交车的时候,我总会对那条街道格外注意,它拥挤、低矮、喧哗、世俗,与这条线路上其他华丽高耸的建筑相比,它丑陋而拙劣,有着像东方明珠塔与小市民的低矮平房一样的天壤之别。然而,每当车经过那里的时候,我的心都会涌起一种别样的热情,我想下车去走走,去看看,去感受一下踏入那条街会带给我怎样的感情。

今天,当我骑着自行车摇晃在宽阔而平整的柏油路面上时,我明白了那条拥挤的小街带给我的是什么样的感觉——踏实。当我在柏油路的路口踌躇着是前行还是转弯时，我拿出手机把我的四面八方拍了一个遍，然后瞬间我意识到这空旷的天空背景下耸立的楼房、川行的车辆、匆忙的人群与任何其他的路口一模一样。在灰色的坚硬路面上行走，看着周遭千篇一律规整方正的建筑，我心里有一种疏远和恐惧。行在这样的路上，我忐忑不安。我心里一直怀着那样的愿望，我希望看到那条小街上那样昏黄的灯光、拥挤的店面、俗气的人群，然后让自己的心忽地一下从天上安安稳稳地落到地上。

然而我终于没能实现我的愿望，骑得越久便越发害怕，在狭窄而稀疏的车行道上我有着无法抑制的恐惧感，随着时间延长越胀越大。于是我转身回来。回来的路轻快很多，因为毕竟已经熟悉了这段路。

我一直在想旅行的意义是什么。见了什么风景，玩了什么项目，开阔了什么视野，我觉得都不是旅行能打动我的原因。我有过几次旅行的经历，都是失败至极的经历。后来，我想清楚了，旅行的意义不在于经历了什么样的热闹，而在于旅途中安静的那些时刻你想到了什么。

今天的旅行让我体味了城市中千篇一律的灰色方块带来的冷漠与不安定，让我开始考虑我们所追求的幸福是不是就是一份踏实。至少，接地气的东西能让我心情得到舒解。或许我们都该成为接地气的人，就像那条小街，活得丑陋，但是真实。

美丽的能力

看见周冬雨的照片，觉得她好漂亮。从一个普通的高中生一跃成为影视界的新宠，她的经历顺利而光彩。

看着手中拿的《山楂树之恋》剧照，今时今日的她与当时对比，虽然已然成熟干练，但依然纯情甜美。当年那个高中生女孩已经变成满柜子世界名牌晚礼服的小女人了。

说到美丽与漂亮衣服，校园里、大街上有太多太多的美女，她们妆容精致，身材姣好，衣着艳丽，但是世界名牌的晚礼服即便她们买得起也没有舞台穿——它们无法穿在校园里或穿在大街上招摇过市。

美丽，是一种能力，也需要一种契机。

叶诗文的教练对她说，大街上比你漂亮的女孩多的是，你能拿出的就是你的成绩。第一次听这话时觉得教练用冠冕堂皇的理由禁锢了叶诗文的美丽，而到今天，我明白教练是在成就她的美丽。

因为叶诗文的成绩让全世界注意到她的美丽，她从此有机会和能力化最美的妆、穿最漂亮的衣服展示给所有人。这是大街上比她漂亮的美女所不可能得到的机会。

孙杨、林丹更算不上多么帅气的帅哥，但他们却有机会穿最帅气的西装站在舞台一展歌喉，让世界瞩目。郭晶晶也是如此，她不过是一个平凡的女子，比起很多网络红人，她只能算姿色平平；但她的美丽万人知晓，因为她有一个展现美丽的舞台。

美丽，有很多种。有的美丽是把舞台的精致绽放在拥挤喧闹的大街，光彩夺目却有些不合时宜；有的美丽是在灯光绚烂的舞台上光彩熠熠万众瞩目。美丽，是一种资本，但展现耀眼的美丽需要除了美丽之外的更多的能力。

爱 情

这世界有许多人在谈论爱情，不管男人还是女人，都在谈论着爱情。

很多人给爱情下过很多定义。我于是也开始问自己什么是爱情。小的时候，我以为电视里演的那种轰轰烈烈就是爱情，也沉迷过诸如多年之后喜欢的人牵了别人的手再次相遇又旧情复燃终成眷属的狗血情节。

直到多年后，我真正遇到我的爱情，我才知道我不允许我的爱情里有那么多曲折的故事。我希望我是他遇见的第一个女孩，我希望他能牵着我的手一生一世再也不放开。那时候我才知道爱情是小气而自私的。

可能男生和女生思维不同，可能爱情和婚姻道路不同，我都不否认这些差异。我只希望爱情是单纯而美好的。两个人在一起只是因为相互喜欢，这才是爱情。我讨厌爱情里的斤斤计较，也摒弃爱情里的无理取闹。爱情本身不是一种负担，而是一种自由。爱情不是一种责任，而是一种选择。

我希望你能安心与我共同走一世，我希望你能在我难过时借我一个怀抱，我希望你能为我专心致志奋力拼搏闯荡事业……然而，这一切都是"我希望"而不是"你应该"。爱情不是要求，不是束缚。我爱你，这是我的事情。而你爱不爱我，怎样爱我，那是你的事情。

爱情本就是世上最自由最安全的事情。

年　轻

　　人到了一定的时期会特别关注某一件事情。比如，大三的女生会很在乎自己是不是还年轻。大学里的大一、大二，没人会在乎这个问题，到了大三，就骤然对"学姐""学妹"的问题敏感起来了，被人当成学妹会异常欣喜，被人莫名其妙叫声"学姐"会抑郁非常。

　　走在校园里看各式各样的女生是件很幸福的事情，因为大学女生实在是太漂亮了。有的时尚，有的清新，有的华美，有的干净，有的成熟，有的年轻。

　　说到年轻，我有一些看法。作为一个大三女生，自认为自己还是一朵娇嫩的小野花，但在别人眼里大概已经成了成熟的小阿姨了。大学女生对"阿姨"的称呼还是发自内心地很抵制的。尽管非此年龄段的人觉得大学女生和毕业工作的女生毫无差别，但你对一个大学女生说她看起来成熟沉稳或者说她是上班族，那她的心肯定碎得跟饺子馅似的。

　　年轻是什么？相信很多人背诵过那篇著名的 *Youth*：年轻不

是一段时间，而是一种心态。

你看万千女生中，有的像小孩子，有的像小阿姨，区别就在于心态。如果内心干净澄澈，对生活充满信任和向往，那么她的外表看起来就一定年轻而富有活力。

心态是一个很奇妙的东西，它能影响你的面容、你的动作、你的语气，你生活的方方面面。人之所以有丑俊之分，很大部分原因在于心态。心态年轻则人相对貌美，心态衰老则人相对丑陋。

心不老则人不老，心若死了人就枯了。每个人一路走来，都会经过许多挫折和困苦，经历许多诋毁和背叛，有的人经历了依然年轻，有的人经历了便逐渐苍老。我们都应该在挫折磨砺中变得勇敢，不能在伤害和背叛中关上心门。很多时候所谓的成熟只是失掉了当初的激情和勇敢，变得老气横秋缓慢沉郁。不管你遭受过多大的伤痛，都要不断地相信这个世界的美好；不是不要长大，而是不要让心灵变老。

相比于让相貌变得年轻、穿搭衣服减龄，历经万事不改初心才是真正的年轻。

日 出

　　看完了曹禺先生的两部经典戏剧《日出》和《雷雨》。看完《日出》，我被方达生和陈白露两个人物之间的感情所深深震撼。但是相比《日出》，我更热爱和同情《雷雨》中的周繁漪，一个单纯、干净、敢爱敢恨而又无能为力的女人。

　　她代表了那个时代的孤独，也代表了所有人的孤独。与这个理性而正直的世界相比，她的爱和孤独成了最卑微甚至肮脏的角落。她不能要求这个世界同情她，甚至这个世界的正直不能允许她那些情感的存在。即使在今时今日，我们仍然面临着这种痛苦。我们无法在这个棱角方正而无情的社会环境中让自己的情感完好地生长，我们要接受现实，接受社会，接受别人怎么看，接受别人怎么想。这个世界拥挤而孤独，而繁漪作为唯一一个战斗者，唯一一个清醒而勇敢的开拓人，以她的疯狂和不屈作为对这个世界肮脏和冷漠的抗争和抗议。

　　她是纯洁而勇敢的，她是值得敬佩和同情的。这世界不再有歇斯底里的周繁漪的那一刻，将是真正的日出之时。

《雾都孤儿》观后

好书或者是好电影都要看第二遍。一遍必定不能参透其中的深意。

主人公奥利弗是个漂亮的男孩子，他的善良和彬彬有礼深深地打动了我。片子的前半段拍得完美而感人，与之相比后半段就粗糙得多了。奥利弗的形象塑造得并不够完整丰满，大概片子更愿意突出整个社会的风貌和费金这个充满矛盾的人物形象吧。

影片中给我印象最深的是比尔之死。坏人杀死一个人居然能引起全社会的轰动，整个伦敦城为之沸腾，全体公民集体关注这个杀妻的坏人。

放之今日，我们仍然会有那么强烈的震撼和同仇敌忾的决心吗？我们是否已经冷漠到事不关己高高挂起甚至是委曲求全只求自保？一个杀人犯在日益文明和发达的社会里是否还能引起人们极大的关注和憎恨呢？

我们的心到底被什么吸引了而让我们宁愿忽略罪恶？我们的心到底被什么占据了而让我们不再能全力关注这样罪大恶极的事件？或者是什么消磨了我们的辨别能力和正义感，什么让我们变得如此冷漠而残忍？

绿蘑菇和红蘑菇的故事

【1】

从前,绿蘑菇和红蘑菇生活在一座大森林里,它们是一对好朋友。

它们手牵手,是好朋友。

后来,红蘑菇遇见了黄蘑菇,它们手牵手,

于是绿蘑菇没有了好朋友。

【2】

大森林里开满了玫瑰花,它们千姿百态争奇斗艳。

红蘑菇松开绿蘑菇的手跑去拥抱红玫瑰,

小玫瑰,你真美!

而绿蘑菇扬起头,阳光洒在它身上,它闪着绿油油的光。

【3】

有一天，一朵艳丽的玫瑰花说，亲爱的绿蘑菇，让我们一起玩吧！

绿蘑菇撑开绿色的小伞害羞地说，你是那么可爱的玫瑰花，我不开花，不飘香，也没有与你们一样绚丽的红裙子。你应该和这漫山遍野的玫瑰花在一起，而我只是一只蘑菇。

小玫瑰说，可你是一只独一无二的绿色的蘑菇！

【4】

绿蘑菇晕倒了，醒来的时候发现红蘑菇站在远远的地方，它问，你为什么不来看看我？

红蘑菇说，你身边挤满了玫瑰花，我只好在远处看你。

绿蘑菇这时才发现原来自己身边包围了一层一层的玫瑰花。

可是红蘑菇，我发现就算我身边再拥挤，只要没有你我也感觉不到被照料。

【5】

森林里开满了越来越多的玫瑰花。

就连大白菜，狗尾草也都给自己装上了红花瓣、小黑刺和绿叶子。

微风吹过，森林里摇晃着一片一片的红色，像灿烂的云霞。

红蘑菇也把自己打扮成了玫瑰花。

它说，绿蘑菇，你别再傻了，不会有人喜欢你是一朵绿蘑菇。

【6】

森林里全部都是漂亮的红玫瑰，它们一起迎着太阳跳着舞唱着歌。

绿蘑菇孤零零地穿着自己的绿衣裳，顶着大伞盖。

它觉得很孤独。

红蘑菇说，你过来，和我一起变成玫瑰花吧。

绿蘑菇说，好。

【7】

变成玫瑰花之后的绿蘑菇过得很幸福。

它也有了漂亮的红裙子，还能拿着锋利的刺来刺痛那些丑陋的毛毛虫。

可是，慢慢地它不再快乐了。

它记起它曾经是一朵绿油油的蘑菇，热情阳光。

它松开红蘑菇的手说，对不起，我得回去。

【8】

变回绿蘑菇的绿蘑菇很快乐，它觉得自己绿油油的身体在阳光下闪着光彩。

可是，红蘑菇说，你做玫瑰花的时候多漂亮。

绿蘑菇说，可是鞋子穿在我脚上，我觉得痛了就脱下来。

可是鞋子合不合适只有你自己知道啊，别人看到你是漂亮的就好了呀！

可是时间长了别人也会知道的,因为我会不停地蹲下去系鞋带。

【9】

漫山遍野都是红红的玫瑰花,最开始绿蘑菇很开心,它觉得自己与众不同。

可是,慢慢地它开始慌了。

它问红蘑菇,你喜欢我是绿蘑菇吗?

红蘑菇说,喜欢。

它问小玫瑰说,你喜欢我是绿蘑菇吗?

小玫瑰说,喜欢。

它问大白菜、狗尾草,问森林里的每一个邻居:

你们喜欢我是绿蘑菇吗?

后来,它慢慢想明白了,其实它不是害怕别人不喜欢它是绿蘑菇,而是它自己不爱自己是一朵绿蘑菇。

【10】

红蘑菇和黄蘑菇一起与漫山遍野的红玫瑰组成了玫瑰花乐团。

再也没有人陪绿蘑菇一起玩了。

红蘑菇说,我要和小玫瑰一起去唱歌。

红蘑菇说,我要和小玫瑰一起去跳舞。

红蘑菇说,我要和小玫瑰一起去晒太阳。

绿蘑菇,你自己去玩吧。

绿蘑菇,我喜欢过你,但是现在我要和红玫瑰在一起。

可是,红蘑菇,你知不知道,"我喜欢过你"是我听过最让人伤心的灰色幽默。

【11】

没有了红蘑菇之后，绿蘑菇更孤独了。

它一个人晒太阳，

一个人捡树叶，

一个人在下雨的时候啦啦啦地唱歌。

它想和红蘑菇一起唱歌，跳舞，晒太阳。

可是它知道红蘑菇不会再来找它一起玩了，它也不会主动把这些要求说出口。

我不要，有很多原因，最大的一个是你不会给。

你不给，有很多原因，最大的一个是我不值得。

【12】

红蘑菇还是经常来找绿蘑菇玩，

有时带着黄蘑菇一起，

有时带着玫瑰花一起，

它们都芬芳馥郁，灿烂美丽。

看着红蘑菇和别人一起快乐的样子，绿蘑菇很难过。

你以为我的心是石头，而事实上它不过是一片云锦布，你一剪刀一剪刀剪下去，剪碎的是我残缺不全的心脏和信任。

【13】

绿蘑菇越来越难过，它讨厌自己丑陋的样子，

它讨厌红蘑菇和森林里所有人都漂亮的样子,

它讨厌红蘑菇再也不是它最好的朋友,

它躲在森林的角落里偷偷哭泣。

小玫瑰过来说,亲爱的绿蘑菇,我们一起玩吧!

绿蘑菇擦擦眼泪说,可我只是一朵丑陋的绿蘑菇。

不,你是一朵独一无二的绿色的蘑菇!

我们都会有那么几个朋友,在最困难的时候能相互扶持着走下去。

【14】

小玫瑰说,你是那么独特的一朵绿蘑菇,

你比森林里任何一朵玫瑰花都要独特。

可是,如果你不开心的话就还是把自己打扮成一朵玫瑰花吧。

做一朵玫瑰花也很开心呀!

你就能和大家一样美丽一样自由了!

绿蘑菇说,我早晚还会做一朵玫瑰花的,

但是现在我还是想做一朵绿蘑菇,这是我最真实的样子。

后来,小玫瑰和绿蘑菇成了最好最好的朋友,

不管绿蘑菇变成什么样子,小玫瑰都是它最好最好的朋友。

它们在大森林里生活得快乐而幸福。

【15】

如果你爱我是因为你知道我以前是朵玫瑰花,谢谢你愿意接受我;

如果你爱我是因为我会变成一朵玫瑰花,谢谢你能相信我;

如果你爱我是因为我是一朵绿蘑菇，那么亲爱的，你是我最好的朋友。

我总有一天会再做一朵玫瑰，因为这个世界不喜欢蘑菇。但在这之前请允许我跟着心的声音做一朵最动人的蘑菇。蘑菇不开花，但是它有着最独特的绿衣裳。